我可能不是人 02

私はたぶん人ではない

貓尾茶 Author.
響 illustrator.

目錄

PUBLICLY AVAILABLE
INFORMATION

紀洵 JI, SYUN

「我只是個普通人，
放在紀家就是食物鍊
底端的廢物。」

想盡快寫完畢業論文，卻無法如意的獸醫系大學生。
父母早逝，從小就是個孤兒，因沒有靈力而受到其他家族成員排擠。
已習慣孤獨一人，且個性沉著獨立。
雖對他人難以產生同情或悲喜，發現需要幫助的人時卻無法坐視不管。
與常亦乘雖是初識，卻總是能從他身上感覺到某種熟悉感。

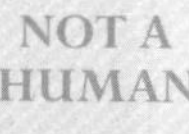

PUBLICLY AVAILABLE
INFORMATION

常亦乘 CHANG, YI-CHENG

**「我來濟川，
是為了找人。」**

突然出現在謝家、
身分不明的強大靈師。

他説話時發音古怪，
彷彿過於講求字正腔圓。

容易在戰鬥中精神失控的他，
被所有靈師畏懼著。

而他也不以為意，
維持冰冷的態度，獨來獨往，
卻唯獨對紀洵抱持著異常的關心。

NOT A
HUMAN

NOT A HUMAN

私はたぶん人ではない

第一章

紀卓風

私はたぶん人ではない

NOT A HUMAN

望鳴鎮的春雨淅淅瀝瀝地落了一整夜。

紀洵坐在酒店房間窗前，看樓下十字路口的紅綠燈在細雨中交替閃爍。他整晚沒睡，卻不覺得睏，一聲不響地等到晨光擦亮了天空，對街的早餐店支起遮雨棚，開啟了新的一天。

門鈴響了幾聲，紀洵回過神來，過去開門。認出門外的人後，他愣了愣：「你怎麼來了？」

「出了這麼大的事，誰還坐得住。」紀景揚憂心忡忡地走進屋內，反手把門關上，「你還好嗎？」

「我沒受傷。」紀洵說。

紀景揚嘆氣：「我想問的不是這個。」

他平時嬉皮笑臉慣了，遇到沉痛的話題就很不自在，嘴巴開闔幾次後，好不容易才憋出一句：「謝家的小女孩說，屈簡是在你面前被……」

紀洵的睫毛顫了一下。紀景揚不忍心繼續說下去了，他在房間裡環視一圈，刻意想找一點事做似的，拿起桌上的水壺，裝了一壺水後回來煮沸。按下開關後，紀景揚一拍腦袋：「哦，這裡有泡麵呢，你吃早飯了嗎，不如我幫你泡一碗麵？」

紀洵沒有回答關於早飯的問題。他還站在剛才開門的位置，盯著牆角捲起的壁紙。

紀景揚見他不吭聲，便問：「其他人呢？」

「謝星顏沒事，常亦乘還沒醒。」紀洵看了他很久，才繼續說，「謝錦的靈全沒了，不過好歹保住了性命。」

至於韓恆⋯⋯

紀景揚從抵達酒店後就沒見過他。

特案組的張喜說，他在山下待到晚上，突然看見山腰處一陣電閃雷鳴，擔心靈師們出事，就開車上了山。開到那片湖泊附近時，他就跟鬼打牆一樣迷了路，以為是靈師們又布了乾坤陣防止其他人進入，索性就把車停在那裡等待。

過了半個多小時，張喜見遲遲沒有動靜，心裡覺得不妙，想回望嗚鎮的酒店看看有沒有其他靈師趕來，有的話就請人上山幫忙。結果這一回，他看見了荒宅。

他沒有多想，以為是危機解除，靈師撤了乾坤陣，就沿著山路走下去。誰知一推開虛掩的院門，眼前的景象就把他嚇得魂飛魄散。

一具頭身分離的屍體、一個長出蜥蜴腦袋的人、兩個渾身是血的靈師，剩下就是昏過去的紀洵和謝星顏。張喜不敢碰另外四人，先去推了推謝星顏，女孩暈暈乎乎地轉醒後，見到他的第一句話就是：『快通知觀山，有人殺人奪靈。』

張喜不懂「奪靈」的意思，但「殺人」兩個字他聽得懂。

他不敢耽擱，趕緊撥了手機裡保存的觀山電話號碼，又等了二十多分鐘，待其他也想上望嗚山找靈的靈師從鎮上趕過來，幫忙把一行人帶下山。

無須謝星顏出言指證，光看韓恆詭異的模樣，那幾位靈師就知道這人不對勁。

紀景揚道：「他們懷疑韓恆被惡靈寄生了，讓張喜找了個偏僻的倉庫，用乾坤陣把人看守起來了。」

紀洵的記憶只停留在韓恆猖狂叫囂的階段，後面的事情一概不知。在酒店內醒過來的時候，還以為是常亦乘出手解決了麻煩。本來他還擔心常亦乘會不會徹底失控，直接下了死手，可現在看來，似乎跟常亦乘無關。

紀洵：「那是謝星顏救了我們？」

紀景揚搖頭：「謝星顏說不是她。她自己都不知道是怎麼回事，突然就暈了過去，再醒來時就是張喜看到的那樣了。」

燒開的熱水「咕嘟咕嘟」地冒著泡，白色的蒸汽撲騰出來，讓潮濕的空氣更顯黏稠。

紀景揚：「會不會是天道容不下他了？」

殺人奪靈，有違天道。

聽起來合情合理的解釋，可紀洵皺了皺眉，腦海中閃過半個月前，屈簡帶他走過漫長的走廊，很沒耐心地催他別再浪費時間，快點把手放上石碑。那天晚上他把屈簡氣得不得了，一口一個「天道」地提醒他別再口出狂言。

「如果真的是天道，它算什麼東西。」紀洵垂下眼，輕聲說，「它既然無所不能、無所不知，為什麼不乾脆讓人沒辦法靠殺人來奪靈。」

紀景揚嚇得呼吸都慢了半拍。他雖然不像屈簡那樣，事事以天道為準則，但也不敢說出這麼大不敬的話。

然而他沉思半天，卻想不出反駁的話來。或許所有的事，冥冥之中自有因果注定，可是此時此刻，他還是情不自禁地想起一句老話。

天道不公。

它的規則與道理，不過是為了維繫世間的善惡平衡，而不是護佑一個將它視為鐵律的年輕靈師。

紀景揚搖了搖頭，把燒好的熱水倒進茶杯，「雖然你總是說自己不會因為別人的死而感到難過，但我還是要說，別把什麼事都悶在心裡。」

「嗯。」紀洵坐到床邊，五指往裡扣攏，低頭盯著戒指看了許久。

連紀景揚這樣樂觀的人，都沒了與人說笑的念頭，可為什麼，他沉甸甸的心裡卻生不出撕心裂肺的哀痛？

意外來臨的那一刻，他明明是想救人的，聽到謝錦活下來的消息時，心中的慶幸也是真的。但是得知屈簡死了，他腦子裡只淡淡地閃過一句「可惜了」，就再也沒有其他該有的情緒。

末了，紀洵只輕聲說出一句：「沒想到在紀家這些人裡，除了你以外，跟我說過最多話的會是屈簡。」

紀景揚揉揉眼角：「他自己也想不到吧。」

紀洵點點頭，聽著窗外連綿不斷的雨聲，耳邊迴響起在乾坤陣時，屈簡對他說過的話。

『靈師能活多久，全看自己的運氣，生死無常，我們早就習慣了。』

那時候他們誰都不知道，這竟是屈簡對自己落下的一筆判詞。

對話進入短暫的沉默。直到紀景揚的手機響了幾聲，他才點開螢幕說：「老太太和謝當家到了……李家的人也來了。」

紀洵毫不意外。從每個人談及殺人奪靈的反應就能看出，一百多年前的那場混亂，是融入靈師血脈裡的一個噩夢。而今天，這場噩夢再度變回了現實。

「來的人不少，他們要去倉庫見韓恆。」紀景揚看完訊息，把手機揣回口袋裡，「我得跟著過去，你要不要留在房間好好休息？他們晚點估計也會找上你和謝星顏。」

紀洵想了一下：「我去常亦乘的房間等。」

常亦乘的房間就在隔壁。

紀洵詢問前檯拿到房卡，刷卡進門後，迎接他的是一室的昏暗。

他沒有開燈，拉過椅子坐在旁邊，只用低垂的視線掃過男人蒼白凌厲的輪廓，靜默幾秒，他伸出手想撫平對方眉間的溝壑，可等指尖懸到半空中，動作卻遲疑地停了下來。

異樣的熟悉感再次侵入他的腦海。

好像曾經有許多次，他也看到一個小孩身上泛起黑色的印記，小孩痛不欲生卻不知該如何緩解，起初只會歇斯底里地把自己撞得頭破血流，可慢慢的，在周圍人嫌棄與害怕的眼神裡，小孩學會忍著一聲不吭了。

後來小孩長成了身形瘦高的冷漠少年，很少再像小時候那樣，被印記控制。與此相對，每當神智即將失衡時，他的頸邊都會出現一圈金色的符文。

過度感知到陌生人的記憶，讓紀洵一陣頭疼。

他放出霧氣穩住心神，等呼吸平穩下來後，把常亦乘蓋著的被子往下拉了些。常亦乘的頸環在與韓恆對戰的時候碎掉了，直至此刻，紀洵終於得以完整地看見符文的全貌。

許多辨認不清的文字，串連起複雜的圖案。紀洵甚至懷疑它並非符文，而是一個畫在皮膚上的陣。陣的式樣極其繁複，紀洵看著那些圖案，總覺得有些眼熟，似乎在哪裡見過，可無論如何就是想不起來。

他想了想，生平第一次做出了偷拍這種事。

結果剛按下快門，床上的人就驀地坐了起來。常亦乘彷彿剛從噩夢中清醒，身體猛地往前頃，缺氧般急促地大口呼吸，但呼出來的總是比吸進去的多，讓旁邊的紀洵聽得都快跟著窒息了。

紀洵怕他出事，連忙起身想開燈觀察他的情況。誰知椅子摩擦過地毯的輕微聲音才剛響起，刀光與人影就瞬間撲出。

紀洵毫無防備，被撞得連人帶椅地摔倒在地，鋒利的刀尖緊接著就斜刺而來。命懸一線的驚恐讓他大喊道：「是我！紀——」

常亦乘根本沒聽見，不等他完整地報出名字，膝蓋往上一頂，十足的力道讓紀洵感覺五臟六腑都移了位，差點罵出一句髒話。他整個人都被壓制在地，唯一還能活動的右手五指張開，抓扯出一把霧氣，也不管有沒有用，反正就用力地拍到常亦乘的背上。

常亦乘悶哼一聲，眼看就要刺進胸膛的刀尖突然頓住。殺氣騰騰的男人垂眸看著他，眼中殺意一寸寸地消退，卻依舊沒能完全清醒似地啞聲問道：「……是你？」

「對，是我。」

「你也進來了？」常亦乘夢囈般地低語，「還是你一直都在？」

紀洵一頭霧水，直覺對方話裡指的不是酒店房間，而是造成他剛睜眼，就直接進入廝殺狀態的某個地方。會是謝家人發現他的那片沼澤嗎？他在那裡，到底經歷了什麼？

以前哪怕失控了也能很快恢復的人，為什麼這次會昏迷不醒？

無數個問號翻湧而至，紀洵屏住呼吸，懷疑自己已經觸碰到迷霧的邊緣，只要再往裡踏出一步，就能窺探到真相的蛛絲馬跡。

可是窗外傳來的刺耳剎車聲，打斷了他往前的步伐。

常亦乘一愣，眼中的迷茫忽地消散：「這裡是哪裡？」

紀洵繃緊的神經只能鬆懈下去：「望嗚鎮的酒店。」

「酒店。」常亦乘重複說出這兩個字，看他一眼，「……你怎麼了。」

他一問，痛感就遲鈍地傳了出來。紀洵皺著臉：「沒怎麼，差點被你殺了而已。」身上的重量陡然一輕。「抱歉。」

常亦乘打開燈，回頭見他掀開衣襬檢查傷勢，便也蹲下身來看著。

紀洵皮膚白，被一記膝擊擊中，頓時青紫了一大片。他輕輕「嘶」了一聲，用霧氣纏繞過腰腹，懷疑如果自己還是從前的普通人體質，這一下恐怕會直接讓他殘廢。

霧氣放得不多，隱約露出了流暢柔韌的肌理線條。常亦乘看了一會兒，默默錯開視線，望向牆壁上那盞昏黃的壁燈。霧氣本該是無聲流動的，可他耳邊卻響起了細微的動靜。

一如許多年前，有個人從外面回來，笑著送給他一把短刀。他接過來後，卻發現那人受傷了。

『沒事，睡一覺就會好。』對方不在太意地回答他。

那人不拘小節起來也是灑脫，見當晚月色正好，就乾脆脫掉外袍，解開衣襟，半點沒有顧忌常亦乘還在，就懶散地坐靠在窗邊，抬了下手指。霧氣從黑玉戒指裡散發出來，色澤透澈如同上好的綢緞，一層層地緩慢拂過他的身體。他散開的長髮垂落下來，隨著山間的風，輕晃著繞過他修長的指尖。

常亦乘不敢多看，唯恐褻瀆了高山神明般地低下頭。可無量就擱在桌邊，明亮的刀身像一面鏡子，照出了窗邊的人影，也照出了他年少躁動的心虛。

「常亦乘。」

突如其來的聲音讓常亦乘渾身一震，花了幾秒才反應過來，是如今的紀洵在喊他。

他側過臉：「嗯？」

「屈簡死了。」紀洵閉上雙眼，彷彿只有這麼做，有些話才能說得出口。「他們懷疑韓恆被惡靈寄生，我怎麼會沒有提前發現？」

乾坤陣中，他明明放出幾十縷霧氣，一一查看過每個人有無印記。

要是他能早點發現，屈簡或許就能活下來，謝錦也不必被奪走所有的靈。連他們好不容易救出來的布袋翁，也終於可以放下牽掛，去看它從未見過的太平盛世。

紀洵想不通。正所謂雪泥鴻爪，就像「初覓」的店主被嬰女寄生過那樣，哪怕嬰女離開了，他都可以發現店主身上殘存的靈力。為什麼偏偏這一次，他疏漏了韓恆。

「不是你的錯。」常亦乘低聲說，「我懷疑，他不是被寄生。」

紀洵詫異地睜開眼：「什麼？」

「也許，是共生。」

◈

望鳴鎮偏僻一角的倉庫內，鬚髮花白的謝作齋搖了搖頭，轉而看向身後其他靈師，最後將目光落在紀秋硯身上。

謝作齋朝她鞠躬：「是謝家教導無方。」

紀景揚混在人堆裡，遠遠看向面無表情的紀秋硯，心想老太太不愧是活了一百多歲的人，這一輩裡最受重用的晚輩去世了，臉上也看不出絲毫哀慟。

他輩分低、排名也低，這種場合說不上話，便碰了下身邊坐在輪椅上的人：「李辭，韓恆到底是怎麼回事？」

李辭剛要張口，就摀嘴悶咳了起來。咳嗽聲略顯突兀地在倉庫裡響起，換來紀、謝兩位當家的注視，但兩人都沒有露出責備的眼神，倒是旁邊李家的其他靈師埋怨地瞪了紀景揚一眼。

李辭擺手示意無妨，只朝紀景揚使了個眼色，讓他彎下腰來。

紀景揚索性蹲在地上：「你沒力氣說話就算了，我也就隨便問問。」

「沒事，老毛病而已。」

青年虛弱地用近似於氣音的音量說話，他的年紀看起來約二十來歲，臉頰蒼白地帶了點透明感，搭在輪椅扶手邊的手腕也是一副瘦骨嶙峋的病弱模樣。

但放眼整個觀山，也沒有人敢因為他病快快的容貌就小看他。

不提別的，只說他那雙琥珀色的眼睛，實際上是一隻與他共生的靈，能讓他過目不忘，也能讓他凝神一瞥，就看見常人難以察覺的祕密。

此時，李辭抬眼望向倉庫空地上的韓恆，說：「他引惡靈共生，被惡靈反噬了。」

紀景揚愣了一下，心想韓恆瘋了嗎，居然敢跟惡靈共生。

「今天的事，是惡靈控制他做的？」紀景揚問。

李辭笑了笑，沒說話。他們倆竊竊私語的時候，其他人其實也在專注地聽他們對話。見李辭笑而不答的態度，紛紛忍不住猜測，韓恆莫非是自己想殺人奪靈？

可他不怕天道責罰嗎？眾人不約而同地想。

直到此時，紀秋硯才緩聲開口：「謝作齋，你來問吧。」

謝作齋長得比她顯老，年紀卻比她小了好幾十歲，被人直呼其名也不氣惱，只點點頭，示意身旁的晚輩上前，在韓恆那顆蜥蜴腦袋旁邊搖響了一顆鈴鐺。

韓恆猛地醒了過來。他四肢著地，像隻真正的蜥蜴那樣扭動著身體，昂起怪異的頭顱求饒：「謝當家，救我，求您救救我……」

謝作齋無聲地看著他，靜默片刻後才問：「殺人奪靈的方法，你是從哪裡學來的？」

「我、我……」

韓恆裝出猶豫的表情，暗自運轉靈力，想像之前那樣神不知鬼不覺地把意外得到的紋魂線放到謝作齋身上。但無論他如何嘗試，體內的靈力都毫無動靜，身體像個沒有止境的空洞，那些被他奪走的靈也不回應他。

……不，它們根本不在。

韓恆這才慌亂起來：「我的靈呢？」

謝作齋與紀秋硯交換過眼神，不動聲色地回道：「你體內的靈力已經枯竭了。」

韓恆布滿皺褶的豎瞳內，終於露出了真實的恐懼。

沒有靈力，代表他連靈師都不是，哪裡還能與靈共生。難怪人人都用看怪物的表情看著他，他們是不是已經知道他恢復不了人形，從此只能用這副畸形的樣貌存活下去了？

「是他……」韓恆用尾巴拍打著地面，激起無數灰塵，「有人布了乾坤陣，搶走了我的靈力，也搶走了我的靈，你們應該要去找他！」

「胡說八道！」

一聲清脆的怒喝打斷了他的辯解。謝星顏站出來，怒目而視：「它們不是你的靈，而且我還好端端地站在這裡呢！明明是你喪心病狂地惹怒了天道，才會被收走靈力！」

天道……

『你不怕天道，那麼，你可怕我？』

韓恆腦子裡閃過一個畫面。不對，那絕不是天道，可那究竟是什麼？

忽然，他恍然大悟。對，一定是那個人。

那個親手把絞魂線放在他手裡，告訴他天道不足為懼的人。

轉眼間，韓恆鎮定下來，吐出分叉的長舌問道：「紀當家，妳真不怕我把事實說出來？」

紀秋硯淡淡地看向他：「我有什麼需要害怕的？」

「你們不就是想知道，我是從哪裡學來殺人奪靈的嗎？」韓恆口中嘶嘶作響，怪異的聲音裡夾雜著唯恐天下不亂的語調，「一年前，我遇到一個人，他說他叫紀卓……」最後一個字，韓恆沒能說出口。

他突然高抬頭顱，像被看不見的絲線勒緊了喉嚨，長出豎瞳的雙眼鼓起來往外翻滾。

紀秋硯與謝作齋同時出手，可惜還是晚了一步。兩人放出的靈才剛現身，韓恆就從喉嚨深處擠出最後一聲慘叫，接著「砰」的一聲，整顆頭顱當著眾人的面，炸成了齏粉。

目瞪口呆的紀景揚下意識地伸出手，擋住李辭的眼睛。李辭紋絲不動，腦中卻有一個人名浮現。

自有靈師之日開始，紀家名字中間帶卓字發音的，便只有一人。

等擋住視線的手放下時，李辭也看見謝作齋已經面露狐疑地望向紀秋硯。

紀秋硯難得愣住許久，才說：「紀家的確出過一位叫紀卓風的靈師。可他一千多年前就已作古，難不成這筆帳，還要算在死人頭上？」

更何況……

「所有靈師的名字都記載在石碑上，人人都能看見。」紀秋硯語氣平靜，「韓恆的話，怎能當真？」

謝作齋瞇起眼睛：「是真是假，我們當然會一查到底。」

空氣裡一股火藥味悄無聲息地瀰漫開來，原本聚在一起的紀、謝兩家靈師，也默默分出了涇渭分明的界線。

紀景揚尷尬地混在李家靈師裡，走也不是，不走也不是。最後只能朝李辭苦笑一聲：「完了，起內訌了。」

⊙

深夜，一隻青色蜥蜴鑽進土裡，沿著漆黑的洞穴爬到了洞底。

洞底潮濕悶熱，數百隻與它相似的蜥蜴在黑暗中窸窸窣窣地爬動，它沒有跟同伴交流，徑直爬向最中間一具腐爛的人屍。

就在它剛靠近屍體的剎那，屍體伸出千瘡百孔的手捉住它，將它拎起來扔進了嘴裡。

令人毛骨悚然的咀嚼聲停止後，那具屍體緩緩坐了起來。他只用渾濁帶血的眼珠子掃過周圍，就收回目光，打了個響指。

布袋翁的身影出現在空中。它意識依然迷糊，只記得自己分明與一位好心腸的靈師共生了，卻不知是怎麼回事，又進到了另一個靈師的體內，還沒有反應過來，就來到了這裡。

那具屍體盯著它看了一會兒，突然將手指插進了布袋翁的額心。

布袋翁慘叫一聲，它清晰地感覺到，這人正在窺看它所有的記憶。

不知過去多久，屍體扔開布袋翁，聲音如洪鐘般響起：「今後，你就是和我共生的靈了。」

「老朽不認識你。」布袋翁想拒絕。

屍體「啊」了一聲：「怪我忘了禮數。」

他用手掌撫過臉龐，變幻出一張周正而乏味的面孔，「紀卓風，是個靈師。」

布袋翁沒見過這張臉，仍是搖頭：「老朽共生的靈師姓謝。」

紀卓風皺了皺眉頭，帶血的腐肉掉到地上，他慢條斯理地將其撿起來塞回眉心，眼風如刀地刮過布袋翁的身體，不耐煩道：「今後我說的話，你只須聽著便是。事成之後，我定會放你自由。」

布袋翁：「你想做什麼？」

「我這副身子你也看見了，」紀卓風歪過頭，脖頸處裂開一道縫隙。「替我做個傀儡，過一段時間後，我想出去見兩位故人。」

「……故人？」布袋翁看著紀卓風變幻出來的臉，那束起的長髮，分明跟範家人是同個時代的人，怎麼還會有故人在世？

紀卓風不再理會布袋翁，只是躺回蜥蜴堆裡，沉浸在剛才看到的記憶中。

結果還是被常亦乘找到那人了。

也好，放進井裡的霧氣沒有浪費，那人的靈力也在逐漸復原。只需要再等一等，等那人恢復到從前的五成本事，他就可以出手將它們全部奪過來。

不過這一次，必須先除掉常亦乘。

只要沒有他礙事，紀卓風想，就必定不會像上回那樣前功盡棄。

◎

靈師間互相猜忌的氣氛，直至離開倉庫都沒有消散。這就苦了喜歡到處結交朋友的紀景揚，他平時大半精力都用在人際交往上了，導致到場不少靈師都認識他。

現在紀、謝兩家之間鬧得有點僵，每個人見到他那張臉，就習慣性地想過來打招呼，走到一半又想起韓恆死前說過的話，便迅速地轉頭不看他，搞得好像是紀景揚得罪了人一樣。

紀景揚內心滿是無奈，乾脆誰也不看，專注地站在倉庫門邊傳訊息給紀洵，問他要不要出來吃飯。訊息還沒發出去，一道粉色的身影就走到他面前停住。

「我跟爺爺要帶姑姑回晉州了，你幫我傳一句話。」謝星顏仰頭看著他，「紀洵救了我姑姑一命，以後他有需要的話，隨時可以找我。」

紀景揚打字的動作停住：「兩家鬧成這樣，妳以後要是幫了紀洵，不怕回頭挨家裡人罵？」

謝星顏認真地說：「一碼歸一碼，反正我不是忘恩負義的人。」

聽完她的話，紀景揚露出真心的笑容：「行，保證把話帶到。」

紀洵從小沒受到家裡多少照顧，現在可以不被紀家的事牽連，紀景揚是真心為他感到高興。

「你倒是笑得很開心。」身邊一道虛弱的男聲響起。

不用猜，紀景揚也能聽出是誰在說話。他望向坐在輪椅上的李辭，聳聳肩：「不笑能怎麼辦，現在把韓恆拖出來鞭屍，還是找到紀卓風的墳墓，揚了他的骨灰？」

李辭咳了幾聲，揮揮手，示意身邊的人走遠一些。他年紀輕，在李家說話卻很有分量，見他如此鄭重地支開旁人，紀景揚也下意識地收起手機，撐著傘跟在李辭身後，轉到倉庫外面無人的角落。

紀景揚坐到臺階上：「幹嘛？」

李辭身體不好，說話本來就習慣輕聲細語，這時周圍沒有其他人，他卻刻意用了更輕的音量說話，「你聽說過紀卓風嗎？」

紀景揚搖了搖頭。

這其實也很正常，哪怕所有靈師的名字都有記載，可是哪個正經人會記得一千多年前老祖宗的名字。剛才紀家在場十幾個靈師，恐怕也只有當家的紀秋硯知道曾經出過這麼一個人物。但是他知道，過目不忘的李辭能記住。

在其他人看來，紀景揚和李辭是兩個幾乎毫不相關的人。一個積分排名三百多的紀家庸才，和一個在李家備受重視的病夫，除了偶爾碰見打個照面以外，他們理應不存在太多關聯。然而實際上，兩人是過命的交情。

紀景揚天資普通，直到大學考試結束後才找到與他共生的枯榮。在那之前的好幾年，紀景揚每年寒暑假都會出去到處旅遊。

有一回他經過李家所在的舟海市，在商場裡遇到了一個惡靈，是李辭把他從乾坤陣裡救出來的，自己還因此進了急診室——不是被惡靈打傷，純粹就是他病怏怏的身體經不起那樣高強度的勞累。後來紀景揚之所以選擇擅長保護別人的枯榮，也跟李辭有很大的關係。

「你不會平白無故聊這個，」紀景揚把傘往李辭那邊傾過去更多，「說吧，想到什麼了。」

空氣裡透著微涼的春寒。李辭攏緊外套，說：「我在一本舊書裡看到過，紀卓風是紀家那時的當家。他死於亂世，屍首下落不明。」

紀景揚扼腕：「哦，所以我揚不了他的墳。」

李辭看他一眼：「你知道我想說什麼。」

「行吧，說點正經的。你懷疑韓恆沒有騙人，紀卓風其實沒死？」紀景揚猶豫道，「會不會太誇張了一點，我們老太太活了一百多歲都已經是靈師界的傳奇了。現在你告訴我，還有一個人可能活了一千多歲？」他們紀家是有什麼隱藏的長壽基因嗎？

李辭：「即使是我，也數不清世間究竟有多少種靈，如果他有能幫靈師延長壽命的靈……」

話才說到一半，一陣冷風吹過，李辭彎下腰劇烈地咳了起來，蒼白得透明的臉色反倒因此有了點血色。

紀景揚脫掉風衣，把人兜頭罩住：「急什麼，找個暖和的地方繼續聊不行嗎？」

「我今晚就要回去，沒有太多時間。」李辭搖頭，指尖無力地虛握住他的手腕：「殺人奪靈的事，發生一次就可能還會有第二次。你認識的靈師太多，自己小心一點。」

紀景揚差點想說「我就一個靈有什麼可小心，倒不如擔心你自己」，最終還是點了點頭。

「還有，」李辭緩緩坐直了，「幫我一個忙，我想見常亦乘。」

紀景揚：「……啊？」

收到消息時，紀洵正在酒店樓下的小商店買東西。

看到紀景揚說想帶個陌生人來找常亦乘，他第一個反應，就是點開觀山文化APP看積分榜。屈簡的名字已經從積分榜上消失了，紀洵深吸一口氣，繼續往下翻找，在第七十六位看到了李辭的名字。排名不算高得離譜，點進去後，裡面卻是另有乾坤。

李辭只完成過六個任務。意味著他參與的每個任務，都是極其棘手的事件。

這樣的人，找常亦乘幹嘛？

紀洵付完錢，轉身走到隔壁餐館，從口袋裡找出剛買的一盒巧克力，放到桌上，說：「給你的。」

常亦乘愣了愣，才伸手接過來。兩人一天多沒吃過飯，此時就算有再多複雜的情緒，肚子也該餓了。他們沒有走遠，就在樓下小餐館內隨便點了幾道菜當作午飯。

紀洵把手機推過去：「有個叫李辭的人想見你，你認識嗎？」

「不認識。」常亦乘說，「不想見。」

紀洵長這麼大，就沒見過比常亦乘更孤僻的人。但他轉念一想，覺得紀景揚自己雖然喜歡到處交朋友，卻也沒有隨隨便便拉人互相認識的習慣。

「李辭會不會有你想要找的那個人的線索？」紀洵猜測道。

不知為何，常亦乘看他的眼神居然變得古怪起來，細看之下還帶有一點微妙的掙扎。

紀洵：「？」他說錯什麼了嗎？

可是沒有錯啊，常亦乘專程到濟川找人，說明那個人對他來說很重要。要不是紀洵自己看到的那些回憶裡，記憶的主人始終沒有露過臉，他都想直接把那人的模樣畫下來，上街發尋人啟事了。

……等等。

紀洵神經一顫，意識到有哪裡不對。

他第一次跟隨記憶進入那個山洞時，山洞裡光線太暗，導致他沒能看清常亦乘的穿著打扮。可是剛才在酒店裡，他所看到的記憶卻是明亮清晰的。要不是常亦乘一睜眼就突然動手，轉移了他的注意力，他早就應該注意到了。

畫面中的常亦乘束著長髮，身上所穿的也絕對不是現代的服裝。

仔細想想也對，現在怎麼可能還有活人祭祀那麼殘忍的事情。

紀洵咽了咽口水：「你……」

「嗯？」常亦乘抬眼看過來。

你到底是誰。

簡短五個字的問題浮現在紀洵的腦海中，卻重如千斤地壓在他的胸口，讓他遲遲沒能問出來。一種源自靈魂深處的直覺正在提醒他，哪怕知曉了答案，他也只會為此更加難過。

為什麼是難過？紀洵抓起手邊的水杯，接連喝了幾口，想讓快要蹦出胸膛的心臟平穩下來。他甚至分不清這種直覺是他本人的念頭，還是經由霧氣傳到他身體裡、畫出金色陣法的另一個人的想法。

「紀洵……」

冷冽的男聲從遙遠的地方傳來，隔了層濃厚的霧，根本聽不清晰。他感覺自己出了一身冷汗，伴隨著浪潮般響起的耳鳴，眼前的一切也漸漸出現了重影。

不會又要暈過去了吧。

紀洵無奈地想，然後就失去了所有的意識。

◎

醒過來時，窗外的雨已經停了。

紀洵麻木地盯著天花板，對自己感到強烈的無奈。他雖說不是多麼身強力壯的人，但以前也不會動不動就暈過去。

「弟弟啊，聽我勸一句。」守在床邊的紀景揚湊過來，「年紀輕輕的少熬夜，你看你現在虛弱成什麼樣子，哪有靈師三天兩頭就暈倒的啊，外面的惡靈聽了都要笑你了。」

紀洵實在沒精力跟他胡扯，面無表情地扭過頭，見床的另一側空無一人，愣了一下才問：「常亦乘呢？」

紀景揚說：「被李辭叫走了。」

「他不是不願意見李辭嗎？」紀洵納悶，「還能被人家叫走？」

說到這裡，紀景揚就忍不住長嘆一口氣，露出欲言又止的表情。

他遲遲沒有收到紀洵的回覆，想著李辭離開望嗚鎮時，反正也要經過酒店這條路，乾脆先把人帶過來。到了之後才知道紀洵暈倒、被送回房間了，就推著坐輪椅的李辭上樓，先看看情況。

結果李辭一進房間，盯著昏睡不醒的紀洵看了一會兒，突然用力地抓緊扶手，連手背上的青筋都浮了出來。紀景揚從高中開始就認識李辭了，從沒見過他這麼激動的模樣。

當時常亦乘一臉陰沉地擋住李辭的視線，冷聲問他：『做什麼？』

還好李辭的身體條件不允許他長時間激動。他緩了緩呼吸，用手機打出一行字，將螢幕遞到了常亦乘眼前。

「然後常亦乘就跟著他走了。」紀景揚總結道。

紀洵一頭霧水，完全想不出李辭到底說了什麼，居然能瞬間改變常亦乘的態度。

與此同時，隔壁房間。

常亦乘將短刀握在手裡，視線冰冷地注視著輪椅上的青年。

說不出原因，這個人的眼神就是讓他很不舒服，帶著毫不掩飾的觀察與揣摩，令他體內戰鬥的本能正在躍躍欲試地想要衝出來。

同樣，他也不喜歡這人看見紀洵後的反應，更不喜歡對方在手機上打出的那行字。

——『我知道你不是人。』

NOT A HUMAN

第二章　空童

私はたぶん人ではない

私はたぶん人ではない

NOT A HUMAN

面前的男人殺氣很重，或者說，是不同種族之間的天然警惕。

李辭平靜地說：「觀山在濟川、晉州和舟海共用三座石碑，記錄古往今來所有靈師的名字。凡是加入觀山的人，都會在石碑上留下名字。」

常亦乘靠在牆邊沒說話，無量的刀光被壁燈送到李辭頸邊，形成一道危險的折射。

李辭笑了一下：「不知內情的人，以為是石碑會顯示出所有靈師的名字。實際上，碑身和流動的篆體字是兩種東西。」他用手指輕點著太陽穴，「篆體字叫天聽，是我的靈。」

石碑上如星辰般閃爍的靈師名錄，其實全是李辭腦海中分出來的部分記憶。他過目不忘，最適合在觀山做一個記錄者。

「通過天聽，我能感知到三座石碑周圍發生的所有事。」李辭語氣很淡，卻是字字緊逼，「你第一次將手放上石碑時，天道沒有認可你，對嗎？」

如果紀洵在場，必定會為此發出一聲驚呼，驚訝於世界上居然還有人遇到「網路延遲」，差點進不了觀山。但李辭卻清楚，即便是靈力再微弱的人，石碑也能順利感應到他的存在。

會被石碑斷然拒絕，體內卻有靈力的，只可能是靈。

李辭不在乎常亦乘用什麼手段瞞山過海，也不在乎謝作齋讓靈混進觀山的目的，但殺人奪靈的事既然已經發生，他就不能再坐視不管。

「你不是謝家的靈師。他們騙得過別人，但騙不過我。」李辭一口氣說了太多話，停下來緩緩，才重新開口，「殺人奪靈跟你有關嗎？」

出乎意料的，當他問出這句話後，常亦乘將刀收了回去：「沒有。」

李辭大半年前就發現了他的身分，直到今天才當面盤問，說明這人根本不介意觀山的靈師是真是假。既然如此，他也沒必要動手。

李辭琥珀色的瞳孔蒙上了一層霜雪色，他有心想凝神判斷常亦乘是不是在撒謊，無奈靈力還沒調動起來，身體就先撐不住了。他猛地彎下腰，鮮血從捂住嘴唇的指縫中滴落下來，眼中的霜雪色也盡數消散。

他搭在扶手上的另一隻手，指尖微微蜷緊。自從來到了望鳴鎮，他就沒有真正休息過片刻，再想強行試探，恐怕只能拿命來搏。

電光石火之間，李辭想到隔壁房間的紀洵。他用手背擦掉唇邊的血跡，喘著氣問：「你從晉州搬到濟川，是為了紀洵？」

常亦乘聲音驟然轉冷：「別動他。」

李辭抬起眼問：「你不好奇他究竟是怎麼回事嗎？」

男人眼中終於流露出困惑的意味。而李辭則淡淡地笑了一下。

他跟紀景揚認識多年，自然也從對方口中聽說過紀洵的名字。大半個月前，李辭意識到紀洵進了觀山，而且跟謝家派來的靈一樣，剛開始被天道拒之門外，心裡起疑，就找紀景揚打聽了一番。得知紀洵靈力復甦是受到一件來歷不明的靈器影響，李辭在家中沉思半天，猜測或許就是這個原因，陰差陽錯導致紀洵體內的靈力不夠純澈，影響了石碑的判斷。

直到剛才，他才發現自己錯得徹底。李辭天生眼盲，現在能夠視物，全靠他眼中琥珀色的靈，也因此導致他的視野跟常人有所不同。

他只要願意，就能看出對方的靈力。

從他那雙眼睛裡看到的紀洵，靈力純淨得沒有絲毫瑕疵，就連無名指上那枚戒指，都散發著與紀洵靈力顏色相同的微光。

那根本不是紀景揚以為的靈器，而是紀洵自己將靈力分化出來的小玩意兒。

但真正叫他意外的是，紀洵的靈力縈繞在他的身體各處，卻遠離了心臟的位置。

從小到大，李辭見過的靈師裡，幾乎全是心臟處的靈力最為旺盛。少數幾個心臟周圍沒有靈力環繞的，不是他在乾坤陣裡見到的死人，就是葬禮上冰棺裡躺著的屍體。

在那短短半分鐘的時間裡，李辭想到紀洵剛生下來就靈力枯竭的傳聞，徹底明白了。

真正的紀洵早就死了。

如今出現在眾人面前的，不過是寄生於死胎身上的靈。

聽李辭說話是件很費神的事，說幾句，他就必須停下來休息一陣子。等他講完自己的發現，時鐘已經悄無聲息地跳過了一格。

常亦乘沉默了許久。久到窗外纏綿的春雨又落了下來，李辭才啞聲開口：「紀秋硯的弟弟也是這樣。」

他停頓半拍，才說：「我前幾年得到過一本靈師異錄，是一本古時候的閒書，講的全是靈師家族的八卦消息。」

根據異錄記載，紀家每隔數年就會降生一個沒有靈力的孩子。其中間隔的時間不定，短則幾年，長則一、兩百年。寫書的人把這種孩子稱作「空童」，取體內空無靈力的意思，但奇妙的點在於，從來沒有兩個空童同時存活於世的現象。

書上除了提到紀家，也提到許多其他靈師家族的事，大多是些上不了檯面的瑣碎傳聞。除了整天悶在家裡、很少出門的李辭以外，就沒有誰會有翻完這種古代八卦週刊的閒情逸致了。

常亦乘指骨繃緊：「那些人，過得好嗎？」

李辭輕輕呼出一口氣，逐字逐句背出了書上的原文。

『世人視空童為不祥之兆，多作邪祟處置。偶有存活者，命亦不長。』

◎

隔壁房間內，紀景揚面色沉重地來回踱步。

「怎麼還不回來。」他懊惱地拽了拽頭髮，「早知道我就把枯榮借給李辭，萬一打起來，他那虛弱的身板放在常亦乘面前，肯定會被秒殺。」

紀洵被他哥轉得頭昏眼花，無言地吐槽道：「你清醒一點，以常亦乘的性格，要動手早就打起來了。放心吧。」

紀景揚幽幽地瞥他一眼：「你變了，從前你都是幫我說話的。」

「……」可能是紀景揚夢裡的從前吧。紀洵懶得追究，只是滑著手機，感到奇怪地嘀咕：「不過他們在聊什麼，能聊那麼久？」

紀景揚擔心的就是這個。李辭不是他，沒有隨便跟人閒聊的習慣，常亦乘更是能不說話就不張嘴，這兩個人湊在一起，不冷場都還算好的了，怎麼還能聊一個多小時都不出來呢？

總不能是他們一見鍾情……啊呸，一見如故吧。

紀景揚：「不行，我得過去看看。」

他剛打開門，常亦乘和李辭就從隔壁出來了。

李辭好端端地坐在輪椅上，除了臉色比之前更差了一點以外，看不出任何問題。倒是常亦乘眉頭緊鎖，一看就知道心情壞到了極點。

「來得正好。」李辭朝他說，「我準備回去了，你送我下樓？」

紀景揚回過神來，點了點頭，與常亦乘擦肩而過時，不自覺地打了個寒顫。

常亦乘沒看他，徑直走進紀洵的房間，反手把門關上。

紀洵聽到門邊傳來的腳步聲，聽出是常亦乘回來了，就轉頭彎起眼笑了一下，「聊完了？」

「嗯。」

「他是不是見過你要找的那個人？」紀洵問完又遲疑幾秒，「如果你不想告訴我也沒關係，我就隨便問問。」

常亦乘沒有回答，走過來垂下眼眸，靜了片刻，突然伸出手去觸碰青年頸後突起的一小塊骨頭。他體溫很低，指腹擦過皮膚，激起一片酥麻的顫慄。

紀洵嚇了一跳，差點手滑把訊息欄裡沒打完的內容發出去。他迅速回過頭，髮尾掃過常亦乘的手指：「你幹嘛？」

連常亦乘都不知道自己在幹嘛。可能是想抱住他，也可能是想問他這二十一年來過得開不開心。但無論如何，他都不敢說出真相。

哪怕在惡靈裡，寄生於死胎也是最骯髒低劣的手段。無數次寄生於死胎身上，無數次被當作邪祟處死，常亦乘無法想像，曾經那麼光風霽月的人，得知真相後會做出怎樣的反應。

他會不會情願……死在當初的雷池陣裡？

更何況，讓他知道又能怎樣呢？

紀卓風不死，他被奪走的靈力就收不回來。既然恢復不了記憶，倒不如保持原樣，至少這一世，讓他平平安安地活下去，做任何自己想做的事。

至於自己的執念痴妄，常亦乘收回手，不敢再碰他了。

紀洵一頭霧水：「出什麼事了？」

「沒。」常亦乘視線掃過他的手機，「你在跟人聊天？」

紀洵心裡漫上一陣莫名的酸脹，總覺得剛才常亦乘碰他那一下，好像藏了很多不能言說的意思。可現在對方把情緒全收斂回去了，他也只能回答：「哦，跟教授討論論文的修改方向。」

常亦乘：「……論文？」

紀洵打完最後幾個字，把訊息發出去後，內心一片荒蕪。

不會吧不會吧，不會還有人不知道他是個需要拚死擠出畢業論文的大學生吧？

但是轉念一想，他好像的確沒跟常亦乘提過這個。他如今無法確定常亦乘到底是哪個年代的人，也不敢直接了當地問。想了想，就解釋道：「就是根據自己所學的專業寫一篇學術研究文章。」

「難嗎？」

紀洵長嘆一口氣：「難啊，而且我運氣不好，選到一個特別嚴格的教授。」

「必須寫？」

紀洵：「……」看出來了，這人很可能沒接受過現代教育。

他回完導師發過來的訊息，繼續說：「不寫就不能畢業，我以後還想找一份普通的獸醫工作呢。拿不到大學文憑，哪家醫院都不會要我的。」

獸醫的意思，常亦乘倒是聽懂了。他靜了一會兒，問：「為什麼學這個？」

這並不是一個很難回答的問題，紀洵卻沉默許久，等教授那邊沒有新的訊息發過來後，才放下手機，輕聲回道：「因為我想知道，如果人死了我不會難過，那麼動物死了，我會不會也是那樣。」

能接受到最多動物死亡案件的環境，當然就是動物醫學院和寵物醫院。

可惜的是，紀洵還是不感到難過。

剛上大學那段時間，班上不管男生女生，總是有人會因為處理實驗動物而落淚，但他卻擠不出一滴眼淚。大三在寵物醫院學習，動物還活著的時候，他會盡心盡力地協助醫生去救治牠們。可等到牠們心跳停止，變成僵硬冰冷的屍體，他心裡除了遺憾，就挖掘不出任何多餘的傷感。

想拯救牠們的心情，與對死亡的麻木糅雜在一起，讓紀洵感到無所適從。

他無奈地笑了笑，緩緩靠上椅背：「也許，我缺乏正常人該有的情感。」

◎

第二天上午，一行人離開望鳴鎮。

回去照舊是臥鋪車廂，高鐵快到濟川站時，紀洵的手機震了兩聲。他點開沒看見任何通知，只有觀山文化的APP出現了一個提示的紅點。

點進去後，紅點出現在積分榜的介面。紀洵對著手機螢幕想了一會兒才反應過來，可能是靈師排行更新了。經歷過望鳴山上發生的異變，他對做靈師是越發沒有興趣了，也懶得關心自己有沒有擺脫倒數第一的頭銜，直接關掉了螢幕。

無奈紀景揚從對面上鋪探出頭來：「弟弟，你出人頭地了啊！」

「排名升得這麼快。」對面下鋪坐著一個中年男人，也是紀家的靈師。他目光掃過來停在紀洵身上，眼中滿是狐疑，「你在山上都幹了什麼？」

紀洵一臉平靜：「沒什麼特別的。」

布袋翁是常亦乘救出來的，範家六人的陰謀是大家合力推算出來的。非要算的話，他頂多就是獨自救了謝錦一命。紀洵上次救了被嬰女寄生的店主，APP也沒幫他加多少初始積分，所以這一回恐怕也加不了多少，最多往上升幾位就差不多了。

當然能別往上升是最好，紀洵恨不得自己坐穩倒數第一的寶座，更希望觀山能學學有些無良企業，弄出一個業績低下裁員制度，趕在畢業前把他掃地出門。

誰知紀景揚聽完他的回答，立刻吐槽：「過度謙虛等於驕傲。除了李辭，我就沒見過誰能一口氣往上竄升五十幾名的。」

紀洵：「我真的沒……不是，多少？」

「非得要我們說出來？」中年男人神情複雜，說不清是羨慕還是嫉妒。「連一個靈都沒有，就能升到四百二十二名，還真是後生可畏啊。」

屈簡和韓恆死後，存活於世的靈師僅剩四百七十四人。紀洵迅速心算出答案，意外地拿出手機確認了一眼，發現這兩人的確沒騙他，積分榜最後一頁找不到他的名字了。

他下意識前後掃了幾眼，發現常亦乘的排名也變了，從倒數第十變成了倒數二十。

這其實是個相對合理的上升速度，畢竟布袋翁有不小的本事，被困太多年，一旦黑化變成惡靈，肯定會變成大麻煩。常亦乘把布袋翁從山寨雷池陣裡救出來，既避免了未來可能發生的危機，也間接幫望鳴鎮解決了氣候異變的問題，可以說是做了件造福一方的好事。

綜合下來，排名上升十位是理所當然的回報。

問題就在於……紀洵何德何能可以上升這麼多？

「難道韓恆不是被天道責罰，而是被關鍵時刻潛能爆發的你制服了？」紀景揚直接開起腦洞。

紀洵無言：「我看起來像是有那樣的本事嗎？」

紀景揚沉默了，他當然希望紀洵能一飛沖天，讓從前看不起紀洵的靈師都被狠狠打臉，但這事確實太不合理了一些，紀洵現在的排名也很沒有道理。

紀景揚道：「說起來，你們說的布袋翁本來是跟誰共生了？」

「謝錦。」紀洵說。

對面的中年男人恍然大悟：「怪不得。那靈會選擇謝錦，說明謝錦在乾坤陣裡發揮了很大的作用，你又救了謝錦一命，分數大概就是這樣加上去的。」

積分演算法只有大致的規律，卻沒有白紙黑字的詳細規則。

陰差陽錯讓紀洵撿了個便宜的可能性雖然小，但也不能說完全沒有。

中年男人遠遠望向紀洵手上的黑玉戒指，心想紀洵這件只要沒死透、人就能救回來的靈器倒是件好東西。要是能跟紀洵打好關係，以後遇到危險，豈不是多了層生存的保障？

他想了想，笑著說：「我這幾天準備接個任務，你有空的話，要不要跟我一起去？」

紀洵搖頭：「不好意思，我沒時間。」

中年男人一愣，隨即想到一個可能性：「你放心，殺人奪靈的事我不會做。」

「跟那個沒關係。」紀洵語氣誠懇，「我要回家改論文。」

中年男人：「？」

他愣了半天，用盡畢生的修養，才沒倚老賣老地說出「你這小孩太不懂事了，知不知道叔叔我在積分榜上的排名，多少晚輩想蹭著一起出任務都蹭不到」的話來。

幾分鐘後，車內廣播提醒濟川站到了。

紀洵從床底拿出行李箱，站起身時，剛好看見常亦乘撐著欄杆，從上鋪上跳下來。

這一路上常亦乘都沒有開口說話。確切來說，從昨天他跟紀洵聊完專業選擇的原因後，就不怎麼出聲了，胸口似乎壓著很重的心事，導致本就寡言少語的男人更加沉默了。

跟他們搭同一班高鐵回濟川的，還有另外幾位靈師。或許大家都在路上看到了最新的積分榜，從月臺往外頭走的路上，每個看見紀洵的靈師都會用一種揣測的眼光看他，其中甚至不乏想要上前聊幾句的人。

紀洵如芒刺在背，跟紀景揚打了聲招呼，就一個勁兒地朝出站口走。他故意加快速度，其他人也不好明著跑上去跟著他，只能眼睜睜地看著昔日的廢物漸行漸遠。

紀洵刷卡出站，正想往計程車招呼站的方向走，忽然意識到有人還跟著他。他一轉身，就看見常亦乘站在離他不到兩公尺遠的地方。

出站口熙來攘往，常亦乘背對人流，靜靜地看著他。紀洵一時傻愣住了。

「走嗎？」見他不說話，常亦乘上前兩步，垂眼問道。

紀洵：「……啊，對。」

反應過來後，他啞然失笑。完全忘了常亦乘已經搬到他家對面，他們完全可以一起回家。

計程車載著他們倆往世紀家園開去。街上的路燈亮了起來，與道路兩邊住宅窗戶裡透出的萬家燈火相交呼應。紀洵靠著計程車的皮革椅背，心裡忽然生出一種奇怪的感覺。

望鳴山上驚險詭譎的一切，都隨著計程車的行駛而漸漸遠去，那些靈師微妙的打探也被拋在了身後。他在暮色四合的時候，終於回到了煙火人間，而且居然還是跟人一同出門，再一同回去。

自他從紀景揚家搬回世紀家園獨居後，已經許多年沒有過這樣的體驗了。

下車後進了社區，兩人沿路往第五棟走去。這時正值傍晚，大多數人都在家吃晚飯，外面人不多，夜色中偶有幾聲鳥鳴響起，散發著舒適安靜的氛圍。

快到樓下時，常亦乘捏了捏喉結。現在沒有頸環遮掩，總怕一不小心失控，露出皮膚上的金色紋路，總覺得很不自在。

「你似乎有話想說？」紀洵從他的動作猜到了他的意圖。

常亦乘「嗯」了一聲，沉思幾秒，問道：「昨天有做夢嗎？」

紀洵將視線落在他清晰的下頜線條上，一時又猜不出他的目的了，只能如實回答：「沒有，但我好像想起了一些……」

常亦乘警惕地看了他一眼。

「哦不對，不該是想起。」紀洵覺得很難解釋這種現象，「我可能不小心從你脖子上那個陣裡吸收了一點靈力過來，有時候恍恍惚惚的，會看見畫陣的人的記憶。」

常亦乘把衣領拉高了些：「你知道它是陣？」

紀洵：「我亂猜的……唉，算了，全說出來吧。我看見了一些你小時候發生的事，而且那些記憶裡，你的打扮也不像個現代人，可能是你的前世……」

說到最後幾個字時，紀洵的聲音逐漸轉小。

他不確定，輪迴轉世的現象真的存在嗎？還是世人為了寄託哀悼和思念，編造出來的謊言而已？

可倘若記憶裡出現的不是前世，那麼常亦乘究竟多少歲了？

常亦乘來歷不明，身分多半也是謝當家幫忙偽造的。所謂的元旦生日，恐怕也是因為謝家的烽火香是在元旦那天燃起的，就隨便定了這麼一個好記的日子。

紀洵遲疑不定的時候，男人也在觀察他的表情。常亦乘想了想，與其讓紀洵胡思亂想，倒不如給出一個真假摻半、但又說得過去的理由，打消他繼續琢磨的念頭。

他停下腳步，低聲說：「不是前世。」

紀洵倒吸一口涼氣，這個回答有點顛覆他的世界觀。

「所以你跟紀老太太差不多，能活很多年，也老得特別慢？」他仰起頭問。

常亦乘點頭：「那些記憶你看過就算了，深究下去，你的身體會扛不住。」

難怪他這兩天總是容易暈倒。紀洵被誤導著得出結論，茅塞頓開的同時，又想起常亦乘微妙的咬字方式。如此一來，所有怪異之處就都能解釋得通了。

古代人說話跟現代人不一樣，常亦乘被帶回謝家後，全靠看電視劇學習現代的說話方式，但恰恰學得太字正腔圓，反而不如一般人發音自然。

紀洵：「那你要找的人，跟你一樣活了很多年？」

常亦乘的睫毛微微頓住，意識到他第一次告訴紀洵自己是來濟川找人的時候，似乎也是在這條路上。當時紀洵祝他早點找到對方，不料等他真的找到了，卻一個字也不敢提。

千年來唯一一次，能無病無災地長大成人。

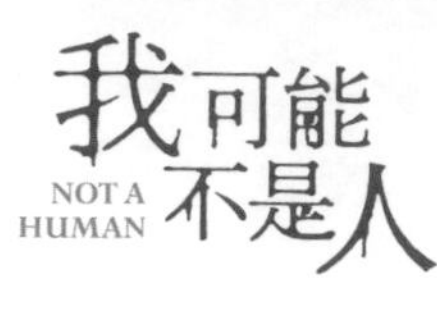

哪怕這二十幾年放在歲月長河裡，不過是彈指一瞬的剎那，常亦乘也不願意將它毀掉。

「嗯。」常亦乘錯開視線，害怕洩露絲毫情緒都會令紀洵起疑，「李辭告訴我，那個人已經不在了。」

紀洵的表情空白了幾秒。心裡空落落的，好像有什麼重要的東西被常亦乘輕描淡寫的語氣帶走了，只留下一片茫然的失落。但是正因如此，常亦乘昨天和李辭聊完後，做出的怪異舉動也得到了解釋。

紀洵抿抿唇角，常亦乘這件事完全超出了他的知識範圍，他無法感同身受，也說不出任何有實際作用的安慰。好在常亦乘依然表現得淡然，重新邁步往公寓大樓走去：「回去吧。」

紀洵點點頭，跟在他身後進了門，搭乘電梯上樓。

電梯門打開，走廊的聲控燈還沒亮起。紀洵剛邁出電梯，就被大晚上站在他家門前的身影嚇了一跳。常亦乘反應更快，直接把他護到身後，轉而警覺地看向七〇二室門外的老人。

「哎喲，小洵你總算回來了。」隨著老人出聲，聲控燈也亮了起來，「我前兩天過來你都不在家，今天就想再來碰碰運氣。」

紀洵覺得這聲音有點耳熟，從常亦乘背後探出頭來：「是您啊。」

常亦乘低聲問：「誰？」

紀洵清了清嗓子，蹦出幾個字：「你房東，羅老師。」

「呃，這位是常先生吧？」羅老師察覺氣氛不太對勁，拍拍額頭笑道，「都怪我都怪我，一聲不吭地站在這裡，嚇到你們了？不過我看你剛才護小洵那一下，動作確實夠快，不愧是專業的武術運動員。」

常亦乘：「……」

紀洵：「……」

他目光不自覺地瞥向常亦乘的脖頸。自從沒了頸環，常亦乘就把無量變成一條項鍊掛在脖子上，紀洵心想還好他剛才沒有直接抽刀，否則這烏龍就鬧大了。

「我前幾天不是回國了嗎，就想過來看看房子裡有沒有什麼缺的，可以幫你補上。」羅老師解釋道。

誤會順利解除，常亦乘沒說什麼，拿出鑰匙開門。紀洵本來想回自己家，不料羅老師卻叫住他：「你也過來吧。」

他只好調轉方向，走進了七〇一室的大門。

自從常亦乘搬來世紀家園，紀洵還沒進過他家，這時進來後的第一個感受，就是房子太空曠了。明明擺滿了羅老師留下來的家具，卻莫名給人一種孤寂的感覺，可能跟常亦乘住的時間不長有關。反正一眼望去，並沒有太多屬於他本人的痕跡。

這幢樓所有房間的原始格局都是一樣的，是兩室一廳的方正戶型。紀洵家由於只有他一個人住，就把兩間臥室打通成一間，而常亦乘這邊則保留著原來的樣子，站在客廳望進臥室，次臥室裡除了床和衣櫃，就沒有任何東西了。夠乾淨，但也夠冷清。

羅老師很有分寸，雖說是自己家，卻也沒有到處亂逛，只是站在次臥室的門邊：「去年幫忙打掃的阿姨說這個房間的空調壞了、不製冷。這個空調也用了好多年，再過幾個月就要入夏了，需不需要乾脆換一個？」

常亦乘淡聲回道：「不用。」

換作其他年輕人，面對如此友善的房東，至少會說幾句「謝謝您」之類的客套話，可紀洵聽完常亦乘果斷而簡短的拒絕後，又覺得其實也沒毛病。畢竟人家活了一千多年，羅老師這種還沒退休的老人家，放在他眼裡也就是個毛頭小子。

「也好，如果有需要再連絡我。」羅老師沒有在意租客的態度，還是和善地笑著，將手裡一直提著的紙袋放到茶几上，然後將手伸了進去。

紀洵以為他要拿出抽屜鑰匙之類的雜物，卻萬萬沒想到，老人從紙袋裡掏出了兩個巴掌大小的紅色紙盒，接著笑咪咪地走過來，將紙盒分別塞進他和常亦乘的手裡。

羅老師道：「其實我這次回國是為了前來參加我孫女的婚禮。來，這是為社區鄰居準備的喜糖，收下吧，你們也沾沾喜氣。」

紀洵哽了一下，沒好意思說他這輩子恐怕沾不了結婚的喜氣。

「謝謝，恭喜您了。」收了人家的喜糖，紀洵免不了寒暄幾句，「聽說現在舉行婚禮，都要提前訂酒店？」

本來在低頭看喜糖的常亦乘側過臉，看了他一眼。

羅老師說：「是啊，提前大半年才訂得到位置呢。她未婚夫是外地人，濟川辦完後還要去那邊再辦一場。還好他們那邊的習俗是在父母家辦，就省得再訂酒店了。」

紀洵隨口問了一句：「她未婚夫是哪裡人？」

「小地方，嶺莊。」羅老師說，「時候不早了，我就不打擾你們了。」

送走熱情的房東，紀洵也差不多該回去了。臨走前，他把喜糖放回茶几：「你喜歡吃甜的，我這盒也給你吧。」

常亦乘看著他道：「好。」

紀洵走後，七〇一室就徹底安靜了下來。

常亦乘坐在沙發上，打開紀洵留下的喜糖盒子，拿出一顆慢慢剝開糖紙。微甜的味道在唇齒間融化開時，他無聲地笑了一下。

他其實沒那麼愛吃甜食，只是有些習慣一旦養成，就很難再戒掉。

◎

紀洵在夢裡看見的山洞，並沒有還原事情的全貌。

從常亦乘有記憶開始，他就沒見過自己的父母。收養他的跛腳老頭說，他是自己在路邊撿來的。撿到的時候就包在一個破破爛爛的襁褓裡，身上沒有任何可以認親的信物，也沒有留下一張紙條說明他的姓名、出生於何年何月何地。

跛腳老頭不識字，也沒為他取過名字。最早的時候總是用「喂」或者「小孩兒」來稱呼他，後來常亦乘長大一點，跛腳老頭就改叫他「小瘋子」。

「小瘋子，你知道我撿到你的那天，雪下得有多大嗎？要不是我好心，你早就凍死在路邊，屍體都得被野狗叼走了，哪還能坐在這裡吃好喝好。你這瘋瘋癲癲的德行，我也不指望你什麼了，等我哪天兩腿一蹬死了，記得幫我找一塊好一點的山頭，把我埋了就行。」

只不過，常亦乘還沒等到他閉眼，就先等到了戰火紛飛。

逃荒的路上，跛腳老頭為了一碗熱湯，把他賣給了附近的村民。

那天老頭稀里呼嚕地大口喝湯，拍著他的肩膀說：「那兩人生不出孩子，不嫌棄你是個小瘋子，讓你過去為他們傳宗接代，這是你八輩子修來的福氣，你別怨我。」

常亦乘不記得他當時有沒有回話，只記得天上的太陽曬得他睜不開眼睛。天氣很熱，眼看快入冬了，那個地方也熱得他心煩氣躁。

進了村子，他和其他買來的小孩一起被裝進竹筐，由人抬著送上了山。

他聽見其他小孩哭爹喊娘的嚎哭聲，他從小就沒有爹娘，所以不知道該喊誰，就透過竹筐的縫隙，去看同樣被人送往山上的一頭老黃牛。

老黃牛眼睛濕漉漉的，好像在哭。常亦乘舔了舔乾裂的嘴唇，他太久沒有吃東西了，肚子很餓。也許等到了目的地，那些人會殺掉這頭老黃牛，讓他們填飽肚子。

可後來，老黃牛被扔進了深不見底的洞穴內。

他和那些小孩，也都被掛在了陡峭的山壁上。

起初有許多小孩在哭，哭得他頭痛欲裂，但是漸漸的，哭聲微弱下去了。

有人想從竹筐裡翻出去，離常亦乘最近的一個小孩就成功了。他扒著竹筐邊緣，想伸腳踩住山壁時滑了一下，常亦乘看著竹筐倒扣過去，那個小孩一點聲音都沒有，像輕飄飄的羽毛般往下飄走。

然後就是「砰」的一聲。常亦乘想，他死了。

不知過去多久，摔死的小孩越來越多，還留在竹筐裡的也沒了動靜。空氣裡瀰漫著腐臭的味道。

他蜷縮在竹筐中，神經劇烈地顫動，讓他感覺到那些來歷不明的黑色印記，又從他身上浮現了出來。很疼，疼到讓他從乾得快冒出火星的喉嚨裡，發出了不像人的嘶吼。

他知道自己也快死了，可是在死之前，他還想吃點東西。於是他摸出藏在袖子裡的一把小刀，這把刀是他從前在路上撿來的，刀刃上有個缺口，不太好用，但是他每次把刀拿出來亂揮，就能嚇跑那些想欺負他的人。可現在周圍的人都死光了，他也沒有可以嚇唬的對象。

這一次，他只能拿刀費勁地割開自己的手臂，去喝自己的血，咬自己的肉。

慢慢的，他發現這刀確實不好用，還不如他的牙齒鋒利。不知道從什麼時候開始，他的牙齒變成了尖尖的形狀，像路邊野狗的獠牙，一口咬下去就能撕扯出東西。

但這樣也不是辦法，他每次吃完就覺得噁心，一次比一次更難受，甚至發現自己半邊身體上長出了動物才有的斑點。常亦乘不想變成別人口中的「怪物」，他仰起頭，透過竹筐看向漆黑的洞頂，拚著最後一點力氣爬了出去。

洞穴的山壁格外乾燥，好幾次他剛握住一塊石頭，石頭就裂成了碎塊。

明明其他人都死了，他耳邊卻不斷響起「砰、砰、砰」的墜地聲，有時候他都懷疑，會不會是他已經失足跌落洞底，聽到的聲音不過是死前的幻覺。直到他終於爬出了洞穴，精疲力盡地倒在地上，他才意識到自己原來還沒死。

又過去了很長一段時間，常亦乘身上的斑點終於消失了。

有腳步聲從山洞的另一邊傳來。

那人走路的聲音很輕，也很穩。挨餓的人走路沒那麼穩健，常亦乘想，這人身上肯定有吃的。於是他抓住那人的腳踝，在對方蹲下身來時，拚盡全力將刀刺出。

他不曉得自己的動作究竟有多慢，只看見兩隻修長的手指不慌不忙地夾住他的刀刃，輕輕一折，刀刃就斷成了兩截。

「什麼東西？」

隨著清冷的聲音響起，常亦乘看見一張漂亮得過分的臉，像有時候他半夜痛醒、睡不著覺的時候，看見的月亮那樣，既冷寂，又尊貴。

那人把他帶走，去了一個很冷的地方。

「雪山天寒，時間久了你就習慣了。」那人問他，「你叫什麼名字？」

常亦乘只顧著埋頭大口地往嘴裡塞東西吃，沒有理他。

「誰教你這樣吃東西的，慢一點，這裡沒人跟你搶。」

常亦乘不聽，食物都塞到喉底了還不肯停下，直到他實在忍不住，一口全部吐了出來，那人才無奈地笑了一聲。

正在那時，有人在外面叩門。進來的人畢恭畢敬地低著頭：「您找我？」

「撿了個小孩回來，不會養。」那人淡淡地吩咐，「他身上有一點靈力，不如拜你做師父，你領著他跟其他人一起住吧。」

「是。」

「對了，紀卓風，他好像沒有名字，替他取一個。」

常亦乘出生以後的第一個名字，叫紀十七。

隨了紀家的姓，又是紀卓風的第十七個徒弟，就這麼簡單地命名了。

上頭十六個師兄師姐都很不喜歡他，因為他太不正常了。

誰不小心碰到他一下，他就要撲上去發瘋撕咬。有時候印記發作，又把自己撞得頭破血流，嚇得其他人都不敢靠近。更別提每次用膳的時候，人人都很懂規矩地細嚼慢嚥，偏偏只有他狼吞虎嚥地吃完，轉身就去搶別人的。

後來紀卓風沒辦法，又把那人請了出來。

那時候常亦乘已經從別人嘴裡聽說了那人的名字。他們說那人叫紀相言，是紀卓風的師弟，還說紀相言可能是個假名，也不是當家的師弟，因為沒有哪個師兄會對師弟恭敬得像伺候神明一樣。

總之，紀相言來了，輕聲問道：「你嘗出那些飯菜的味道了嗎？」

常亦乘面無表情地看著他，一聲不吭。

紀相言搖了搖頭，牽著他的手走出屋子，領他坐在一棵蒼翠挺拔的松樹下，變戲法似地拿出一袋吃的，卻又吝嗇地只給他一顆。「別急著咽下去，嘗嘗味道。」

常亦乘不知是害怕紀相言還是怎麼了，強忍著沒把那顆點心直接吞進肚子裡，然後他的舌尖就嘗到了一點說不上來的滋味。

「好吃嗎？」紀相言問他。

常亦乘點頭，還想要。紀相言卻勾唇笑了起來：「今後你哪天沒有惹事，入夜後就來找我，到時我再給你一顆。」

這句話，初次聽到時像是大人哄小孩的戲言。

但往後的十幾年，竟變成了兩人之間心照不宣的習慣。

接下來幾天，紀洵深刻體會到了「一舉成名天下知」的苦惱。

雖說他的水準充其量也就只能算是普普通通，但排名一舉上升五十多位，加上從韓恆手中救活了謝錦的事實，終究還是讓他在靈師中有了姓名。

他入職後提供了手機號碼給觀山，這在靈師之間是可以公開流傳的資訊，畢竟誰也說不準自己哪天會突然下落不明，需要公司派人聯繫。

結果就害他被找上了。

靈師們還算懂禮貌，沒有直接打電話騷擾，而是用手機號碼找到他的通訊軟體，發來好友邀請。紀洵每天一睜眼，就會看見軟體上新增好友的介面多出十幾條申請，其中大多是紀家的人，偶爾也有不顧兩邊鬧得正僵的謝家人，甚至還摻雜了一、兩個姓李的靈師。

紀洵一個人都沒加，默默關掉手機號碼的搜索許可權，然後那幫人就開始發簡訊、打電話了。說的話都跟那天在高鐵上的靈師差不多，都想叫紀洵跟他們搭檔接任務。

紀洵起初還納悶，後來一問紀景揚才知道，現在靈師少，能治重傷的更少。

正所謂物以稀為貴，況且殺人奪靈的陰影籠罩在頭頂，大家彼此間都有些忌憚，少數幾個有治癒能力的靈師都提心吊膽怕出事，不敢輕易跟人合作。

正好望鳴山上發生的事大家都很清楚，知道紀洵沒能跟靈共生，再根據他入行時間一推算，猜測他多半也沒有靈。既然沒有靈，就不會有人腦子抽瘋地去殺他，所以眾人便不約而同地向他遞來了橄欖枝。

要不是怕耽誤學校的事，紀洵很想關機尋求清靜。他煩不勝煩，索性開始放飛自我。

「我不想做靈師，也不想接任務。」

「對，我就是這麼想不開，如果你認識在濟川開寵物醫院的人，倒是可以推薦給我，我想找一份獸醫的工作。需要我的簡歷嗎？」

「不認識這樣的人？再見。」

這天中午，紀洵麻木地背誦完他的擺爛臺詞，剛掛斷電話，手機就又響了起來。

他算是認識到靈師一行有多缺乏醫務人員了，正想著要不要乾脆換個號碼，常亦乘就從他手裡抽走了手機：「你先吃飯。」

關於常亦乘為什麼會到他家來吃午飯，其實也滿意外的。

上週五的某天傍晚，紀洵從超市買完食材回家，碰巧遇到常亦乘開門拿外送餐點。他想起這兩天在家總聽見外送人員來送餐的動靜，就順便問了句「你不會做飯嗎」。得到肯定的答案後，紀洵詫異不已，腦子裡閃過一個誇張的標題「震驚！千歲老人竟然不會下廚」。

他收住腦洞，想了想後道：『要不以後你就來我家吃飯吧。』

於是常亦乘就開啟了他的蹭飯生涯。

他蹭飯是真的方便。每天時間差不多了，開門經過走廊就能到紀洵家，吃完後禮貌地自動自發把碗洗完，陪紀洵寫一會兒論文再回去。

紀洵廚藝還可以，做飯速度也快，而且常亦乘除了不能吃辣以外，對飲食沒有任何挑剔之處，所以每天多準備一頓飯，對他來說完全不算麻煩。

更何況紀洵必須承認，家裡多出一個人就多出一分熱鬧。雖然這人依舊話少陰沉，到底還是帶給了他不一樣的感覺。

此時此刻，不愛說話的男人滑開他的手機，冷聲對那頭的靈師說：「告訴其他人，別再找紀洵。」

紀洵在旁邊偷笑，覺得這句話聽起來很像是在威脅別人。那邊估計聽出了常亦乘的聲音，驚訝地提高音量喊了聲他的名字，紀洵隔得老遠都聽見了。

他心生一計，示意男人把手機開了擴音：「你好，其實是這樣的。我和常亦乘是鄰居，也說好以後要一起合作，你要是不介意的話，我們也可以……」

沒等他把話說完，那邊就連忙表示：「不用了，打擾了。」

開什麼玩笑，跟常亦乘搭檔過的靈師，有幾個沒被他失控動手打過？

到時候人家一個打你、一個救你，救完再打、打完再救，反反覆覆無窮盡也。結果折騰半天，是主動送上門讓人刷經驗。算了算了，這福氣誰能消受得起啊。

結束通話後，紀洵笑了笑：「不好意思，拿你當擋箭牌。」

常亦乘不置可否，等他吃完飯後才問：「你之前說，下午要出門？」

「嗯，有事要回學校一趟。」紀洵停頓半拍，「你要不要一起去？」

濟川大學離世紀家園不遠，捷運搭五站，出站後走幾百公尺就能到。

紀洵的論文遇到瓶頸，想來圖書館借幾本書回去。

他輕車熟路地帶著常亦乘往圖書館走，時不時介紹幾句，常亦乘就安靜地聽他說話。

到了圖書館外面，紀洵說：「這裡沒有學生證不能進去，你可以在外面等我一下嗎？」

常亦乘點了點頭，看著他瘦高的身影走上臺階，推開大門，在機器前刷卡，然後轉身拐過走廊消失不見。洶湧的割裂感忍到此時，才漫上了心頭。

常亦乘倚在電線桿旁邊，擰緊眉心，越發感受到自己不能打破紀洵現在的生活。

雖然他會為論文的事煩心，也有其他瑣碎的苦惱，但常亦乘能感覺到，跟做為「紀相言」的那段時期相比，現在的「紀洵」很放鬆。他沒有太多壓力，不用為了護佑一方蒼生而出生入死，也不用為撿來的小孩怎麼總是惹是生非而感到頭痛。

他終於可以停下來，慢慢地享受世間。

常亦乘很低地笑了一聲，片刻過後，笑容凝結在他的唇邊。

嬰女井裡的霧氣，很可能是紀卓風放進去，用來尋找紀洵的下落的。其他靈師以為是天道出手懲治了韓恆，可常亦乘卻懷疑，在他失去意識的時候，也許是紀洵無意中做了什麼。

常亦乘本人從雷池陣裡出來了，紀卓風想必也是如此。

或許，他應該再回雪山下的沼澤一趟，從那裡出發，尋找紀卓風的下落。

常亦乘垂在身側的手本能地形成一個握刀的姿勢，但當他看見紀洵從圖書館出來的時候，眼中的殺意盡數收了回去，轉換成一個平靜的眼神。

紀洵把借來的書裝進包包裡，剛要開口說話，就聽見兩個路過的女生小聲交談。

「妳看到那則熱門貼文了嗎？新婚當晚新娘離奇失蹤，妳說她會不會是被新郎一家殺了啊？」

「新郎家有病嗎，幹嘛這樣做。」另一個女生接話道，「不過這影片看起來怪恐怖的，欸，下面還有網友留言呢。說嶺莊這個地方，新娘失蹤不是一次兩次的事情了。」

兩個女生邊走邊聊，幾句話的工夫就走遠了。倒是紀洵愣了一下，說：「嶺莊，好像在哪裡聽說過。」

常亦乘提醒他：「房東的孫女結婚。」

紀洵：「……不會吧。」

他掏出手機點開網頁，很快就找到女生們說的那則新聞。

紀洵的心裡震了一下。失蹤的新娘姓羅，兩天前與丈夫舉行完婚禮，按照當地的習俗先將新娘送入洞房。等她老公應酬完回房後，就發現羅小姐不見了，房間裡只剩下一隻紅色的繡花鞋。

親屬們連夜報警，但直到今天也沒查到任何有用的線索。新娘的手機關機，事發房間周圍沒有可疑人士出沒，監視器也沒拍到新娘離開的畫面，她好像就是平白無故地從房間裡消失了。

網友們都在懷疑新郎一家，畢竟這起事件太過蹊蹺，很難不讓人聯想到某些殺妻碎屍的案件。

「可能真的是羅老師的孫女。」

紀洵有心想問問情況，卻想起他只有對方在國外任教的學校辦公室電話，如今人家都回國了，這樣肯定是連絡不到的。

常亦乘稍低下頭：「她們說的影片呢？」

紀洵滑動螢幕，翻到一部由自媒體發布的影片。點開過後，他立刻明白為什麼女生會說影片嚇人了。

這是一場中式婚禮。兩位新人穿著大紅色的喜袍，新娘還用流蘇刺繡的蓋頭遮住了臉，配上影片故意加上的驚悚音樂，本來喜慶美滿的婚禮畫面，頓時變成了一齣詭異的恐怖片。

紀洵看得後背一涼，關掉了影片。

回去的路上，他想起那晚羅老師發喜糖時的笑容，心裡很不是滋味。老人家千里迢迢從國外趕回來，不該遭遇這樣殘忍的打擊。

到家後，紀洵忍不住想再看看相關的報導。

誰知他再點進網頁，那則新聞就不見了蹤影，網路上的討論串也全部都被刪除了。

有些事，越是摀嘴，大家就越是叛逆。

網友們開始用各種諧音展開猜測，說會不會是嶺莊這個地方有問題。因為在羅小姐之前，當地新娘失蹤的案件早已發生過不止一次，而且所有人至今都下落不明。

還沒到晚飯時間，常亦乘也不在七〇二室，紀洵沉思片刻，傳了訊息給紀景揚：『嶺莊的新娘失蹤案，是惡靈作祟嗎？』

紀景揚：『聰明啊，看來你已經具備一個靈師的基本修養了。』

紀洵：『……』

紀景揚：『這件事鬧得很大，羅小姐又是濟川本地人，特案組已經要求觀山出面了，我們正在趕過去的路上。』

紀洵：『好，注意安全。』

紀景揚傳來一個「OK」的貼圖，就沒再多聊下去。

放下手機，紀洵總感覺心神不寧。彷彿有某種不祥的預感，正隨著他腦海中不斷重複播放的婚禮畫面漸漸產生。

到了第三天，日漸濃烈的預感演變成了現實。

那天清晨，紀洵接到一個電話。對方說話的氣息微弱，像久臥在床的病人一般，隔著手機都能想像出那人蒼白憔悴的模樣。

『我是李辭，紀景揚失蹤了。』

NOT A HUMAN

第三章

尋鞋新娘

包括紀景揚在內，一共有兩名靈師失蹤了。

他們到達嶺莊後，按照慣例先去了新郎家一趟，確認此事跟惡靈有關，就出發去尋找惡靈的藏身之處。

正如羅老師向紀洵介紹的那樣，嶺莊的確是個小地方。確切來說，它是一個古鎮。

古鎮位於大山腳下，跟望鳴山那種幾百公尺高的山不同，這裡是真正的崇山峻嶺。直到現在，山間都偶爾會有猛獸出沒。

一條大河依山而下，經由嶺莊的碼頭奔騰，去往更廣闊的天地，也因此造就了古鎮得天獨厚的地理環境。交通不夠發達的古代，不少南來北往的貨船會在此停靠休息，使當時的嶺莊成為了一個極其繁華的商業重鎮。

曾經的繁榮如今早已落沒。好在鎮上的人手巧，做衣服和刺繡都是他們的拿手絕活，雖說沒能暴富，倒也是不愁吃穿，嶺莊獨特的婚俗氛圍更因此形成。

凡是嶺莊出生的年輕人，不管走了多遠，結婚的時候都必須回老家，穿上家人手工縫製的喜袍拜堂成親。完成這項傳統的儀式後，在老人家眼裡才算是真正成了家。

紀景揚他們分析，既然失蹤的人都跟結婚有關，那麼鎮上有跟嫁娶一事搭上的地方都需要逐個排查。由於發生了殺人奪靈的事件，大家各自都有幾分忌憚，他們乾脆分頭行動，定好每天晚上回新郎家集合，分享情報。

頭一晚，無事發生。

第二晚，特案組和新郎家的人等到凌晨，兩個人都沒回來。

至於李辭為什麼找上紀洵，他給出的理由是：紀景揚等兩個人的名字還在積分榜上，證明他們還活著，但肯定遇到了危險。到時候救出來如果情況不妙，當然是越快治療越好。

其實李辭不必多加解釋，紀洵肯定也會跑這一趟。

掛掉電話，紀洵開門出去，敲開七〇一室的房門：「紀景揚出事了，我要去嶺莊一趟。你……」

你什麼呢。

紀洵一愣，懷疑可能是跟常亦乘相處久了，下意識覺得彼此都是自己人，遇到任何事都要共進退，所以一見面就差點說出「你要不要一起去」。

可紀景揚的安危，並不是常亦乘需要在意的事。

紀洵目光遲疑了一下，常亦乘就低頭看著他，淡聲問：「現在就走？」

「嗯。」

「等我。」

一句廢話都沒有，紀洵收拾妥當出來後，常亦乘已經站在走廊上鎖門了。

直到這時，常亦乘才多問一句：「除了我們，還有誰要去？」

紀洵：「李辭。」

眼看就快按住電梯按鈕的指尖一頓，常亦乘像是不經意地想了想，說：「他身體太差，顧不過來。」

「……也是。」紀洵深有同感。

李辭明顯是個不擅長打鬥的病弱之人，紀洵自己也只是普通人的水準，這次的惡靈既然能困住紀景揚他們，說明其凶險程度不容小覷。萬一真的發生了什麼，總不能讓重擔全落在常亦乘一個人身上。

紀洵：「我再叫個人吧。」

當天晚上，紀洵與常亦乘兩人趕到嶺莊時，就在古鎮入口處看見了兩道顯眼的身影。靠輪椅出行的年輕人不多，李辭在那裡一停，自動就能引起周遭人注意。更何況他身邊還站著梳著粉色雙馬尾的謝星顏，她整個人跟嶺莊的氛圍格格不入，真的是想忽略都難。

謝星顏剛到沒幾分鐘，見常亦乘跟在紀洵身後從車裡出來，不禁挑了挑眉。

真是新鮮啊。

靈師雖然都屬於觀山，但一般都各管各的地盤。這趟任務不僅罕見地集齊了三家靈師，還有位來歷不明的常亦乘。紀洵也有類似的想法，不過他比謝星顏多知道一點內情，腦子裡冒出的念頭多了一條「他們三個加起來都沒常亦乘活得久」。

至於常亦乘和李辭，一人一靈只對視了片刻，都沒表露出絲毫痕跡。

等紀洵他們走近，來得最早的李辭就跟他們同步目前已知的情報。

從去年至今，嶺莊總共有三位新娘失蹤了。三個女孩子互不相識，她們的年齡、職業、籍貫全不一樣，除了都在嶺莊舉辦了一場傳統婚禮以外，沒有任何共通點。

「在羅小姐之前已經有兩個人失蹤了，他們居然還敢在這裡舉辦婚禮？」謝星顏納悶地問。

李辭說：「老一輩思想固執，認為不遵循傳統就是忘本。」

紀洵抬眼望向夜色中的古鎮。嶺莊不大，整體依山而建，錯落有致的建築保留著原有的風格，多以木材修建而成。與其說古樸，倒不如說是陳舊，給人一種極其閉塞的觀感。

「這裡真的還有人住嗎？」紀洵開口道，「我們來的路上，看見高速公路出口那邊有新修建的城鎮。」

李辭輕咳幾聲，說：「那裡是新莊鎮，不少人都搬過去了。」

紀洵稍微琢磨就想通了。跟大多數地方一樣，年輕一輩嫌棄古鎮生活不便，更喜歡搬去交通更為發達的地方居住。

「現在只有念舊的老人還住在嶺莊。」李辭繼續說，「逢年過節或有喪娶婚嫁，晚輩們再從外面回來。」

所以新娘失蹤的地方，還是在嶺莊裡面。

謝星顏了解清楚了，問：「那我們今晚就開始查？」

李辭點頭：「先去出事的這一家。」

繼新娘之後又有兩名靈師失蹤，特案組怕再度出事，白天就已經通知嶺莊的居民全部撤離。

他們四人走進霧氣朦朧的古鎮，周遭靜悄悄的，被月光照得發亮的青石板上，只有腳步聲與輪椅前行聲在空曠的環境裡響起。

出事的那家並不難找，屋前還散落著鞭炮的碎屑，大門上也掛著張燈結綵的裝飾，遠遠望去，像一片從黑暗角落裡浮出的詭譎紅光。

走進屋內，紀洵摸到牆上的開關。燈光亮起後，不寒而慄的驚悚感並沒有消退幾分。

十幾張圓木桌依次排開，婚禮當天用過的菜餚倒是收拾乾淨了，但牆上還沒揭去的「囍」字正清晰無誤地提醒他，這裡本來正在舉辦一場喜慶的婚宴。

紀洵的視線掃過靠牆擺放的兩個行李箱，認出其中貼得花裡胡哨的那個，就是紀景揚的東西。

「我不方便上樓。」李辭指了指自己的雙腿，看向紀洵，「你和常亦乘上去看看？」

紀洵點頭，跟常亦乘踩著吱呀作響的木製臺階到了樓上。

二樓有個一字型的走廊，走廊右邊同樣貼著「囍」字的房門大開著。站在樓梯的位置上，就能看見鋪著大紅色四件式床包的木床。

紀洵與常亦乘交換過眼神，都沒往房間裡面走。

無論是剛開始搜查的員警，或者後來到場的紀景揚他們，肯定都不會放過房間裡的蛛絲馬跡。李辭既然沒從特案組那裡得到有效的線索，說明他們就算再翻找一通也是白費功夫。

而且紀景揚他們失蹤的地點是在古鎮，這棟房屋地勢高，爬到屋頂的視野應該足以俯瞰整個嶺莊。

走廊盡頭有個老式的梯子連接著天窗。常亦乘上去後，紀洵聽見頭頂傳來瓦片被人踩動的聲音，他仰起頭等了一會兒，就聽見確認過安全的男人說：「上來。」

紀洵爬上屋頂，視野頓時開闊了起來。可惜住在嶺莊的人今晚都不在家，除了寥寥可數、分散在各處的路燈以外，就沒有更多的光線提供照明了。

望著這片大同小異的建築，紀洵判斷不出紀景揚是在哪裡失蹤的，不由得嘆了一口氣。

「你很擔心他？」常亦乘低聲問。

紀洵沒有否認：「小時候在他家住過幾年，他父母忙著到處除靈，經常十天半個月都不回家。家裡基本只有他跟我在，長大了也是他跟我最熟悉。」

雖然紀景揚口口聲聲地自稱哥哥，但紀洵一直沒把他當作哥哥看待。因為這人根本沒有兄長該有的樣子，一天到晚皮得要死，總是鬧出一些讓人啼笑皆非的意外。小小年紀的紀洵總忍不住想，他借住在紀景揚家，到底是紀景揚在照顧他，還是他在照顧紀景揚。反正想起來都覺得心累。

但是紀景揚剛成為正式靈師那天，就興沖沖地跑到世紀家園，當著紀洵的面全方位多角度地展示著枯榮。

『你看，這是防禦系的靈。』紀景揚樂得嘴角都咧到耳根了，『很厲害的，哪怕你沒有靈力，遇到危險的時候只要有我在，就能保護你。』

紀洵當時無言地問：『我這輩子最可能面臨到的危險，就是過馬路時遇到不遵守交通規則的司機，到時你能來得及救我嗎？』

紀景揚：『話別說得太死，萬一你哪天運氣不好，撞上惡靈了呢？』

『……』紀洵懷疑紀景揚是在詛咒他。

可是後來，他真的在世紀家園進入了嬰女設下的乾坤陣。

枯榮的漫天金光閃過，他抬頭看見紀景揚身上那件顏色過於鮮豔的花襯衫時，終於意識到，紀景揚平時雖然吊兒郎當，但在關鍵事情上，確實是說到做到的。

「比起哥哥，他更像我交到的第一個朋友。」紀洵的聲音很輕，「哪怕我一直想知道，什麼時候我才會為別人的死亡感到難過，我也不希望由他來驗證這個答案。」

常亦乘安靜幾秒，才說：「他有枯榮，不會出事。」

這是在安慰他的意思。

紀洵笑了笑：「借你吉言了。」

山霧瀰漫的古鎮能見度不高，紀洵最後環視了一圈，仍然沒有新的發現，想著不如實地去四處找找。結果就在他轉身的時候，常亦乘突然拉住他的手腕。「看那邊。」

紀洵瞇起眼睛，順著他手指的方向望去，在幾乎超出人類視力範圍的邊緣，終於瞥見了一道影子。影子很淡地映在木牆上，依稀顯現出身形的輪廓。

她沿著青石板路緩緩前行，微弓著身，墜著流蘇的蓋頭垂下來，在月光下微微晃動。

樓下，謝星顏也發現了那道影子。相比屋頂的兩個人，她看得更為清楚，只因她那隻雀鷹正盤旋於影子周圍，將畫面分明地傳入她的眼中。

按理說，既然有影子，旁邊必定應該有人才對。可雀鷹看見的景象，就只有一個孤零零的新娘影子行走於夜色之中。

拋開怪異的現象不談，那影子看起來很瘦，有幾分楚楚可憐的氣質。她不時左顧右盼，謝星顏完全能想像到，影子的雙眼正透過蓋頭下方的空隙注視著地面。

她好像在找什麼東西。

謝星顏想了想，讓雀鷹飛到能看清巷子全貌的角度。巷子狹窄難行，各家各戶門邊都堆了些雜物，大概是老人家捨不得浪費、囤下來的破舊物品，偶爾有幾把竹編椅子放在斑駁的門邊，無聲傳遞出歲月逝去的氛圍。

謝星顏看不出什麼名堂，正在煩惱的時候，影子拐過巷口，走進了路燈能夠照射到的範圍。影子的存在感陡然增強了許多，顏色也濃烈了一些。

謝星顏倒抽一口涼氣，她看清楚了。

影子的右腳沒有穿鞋！

正在這時，本來始終盯著路面的影子忽然抬頭，哪怕沒有實體，謝星顏也懷疑對方躲在蓋頭後的眼睛，正直直看向她的雀鷹。

這種感覺，無異於一開門就跟厲鬼來了個臉碰臉。無法控制的生理性恐懼讓謝星顏打了個寒顫，她連忙召回雀鷹，驚魂未定地說：「她在找鞋。」

李辭臉色微變，想到羅小姐落在房中的繡花鞋：「麻煩妳去叫紀洵他們下來。」

謝星顏還沒上樓，腳步聲就從樓梯處傳來。

紀洵他們同樣在影子變濃烈的時候，看到了她雙腳的細微差異。

「下來時看過了，房間裡沒有鞋。」紀洵說，「會不會員警辦案時，當作證物拿走了？」

李辭沉吟數秒，撥通了特案組成員的電話號碼。對方在手機裡回道：『你說那隻繡花鞋啊？沒記錯的話，應該是穿花襯衫的靈師拿走了。哦，對了，他昨天出門前跟我們借了一隻黑狗，說黑狗有靈性、嗅覺又靈敏，說不定能沿路聞到羅小姐噴的香水味。』

「香水？」李辭問。

『對。羅小姐平時就有用香水的習慣，婚禮當天也用了。』手機那頭的員警旁邊有人說了什麼，他便補充道，『她家屬說尾……尾什麼東西？哦，尾調是松木香，能留香很久。』

後半段話大概超出了這位特案組成員的知識範圍，說得結結巴巴的，自己都沒能理解是什麼意思。不過紀洵倒是聽懂了。

考慮到常亦乘的特殊身分，他還體貼地轉過頭，解釋說：「他說的意思是……」

「我知道。」常亦乘低聲回道。

他記得，紀相言身上也總是有股淡淡的松木味。

雪山寒冷，將清雅木香浸得沁涼而特別。可能是心理作用，但每當小時候的常亦乘感到焦躁難耐時，只要聞到那個味道，就會好受許多。

紀洵點點頭，看來是他小看了常亦乘。想來也是，畢竟人家活了一千多年，什麼新鮮的玩意兒沒見過。他言歸正傳：「你們覺得那道影子跟羅小姐有關？」

「除非失蹤的另外兩位新娘也弄丟了鞋。」李辭皺眉，「繡花鞋在紀景揚手裡，而紀景揚又下落不明……」

最後幾個字，散在了突如其來的黑暗中。

燈滅了。

紀洵神色一凜，下一秒，緊閉的木門就被人叩響。

敲門聲很輕，像個斯文的女孩子站在外面，屈起細長的手指敲在門上。她連聲音也是文文弱弱的：「有誰看見我的鞋了？」

氣若遊絲的語調透過縫隙傳進來，回蕩在伸手不見五指的房間裡。紀洵屏住呼吸，感覺那聲音像從他頭頂的天花板上飄過，隨著空氣巡遊過所有房間。

「有誰看見我的鞋了？」

屋裡四人都沒有回答她連續的提問，鬼魅般的聲音逐漸尖利起來，連同敲門聲也變得淒厲癲狂。到了最後，她甚至用指甲抓起了門板。

和她的提問聲一樣，指甲劃破木材的刺耳聲也傳到了天花板上，就像有人正趴在他們頭頂，伸出細長手指抓撓著屋子的木梁。

不對。紀洵呼吸一滯，不只是像，紛紛揚揚的木屑確實正從他頭頂上方飄落下來。

他下意識抬起頭，剛適應昏暗視野的雙眼看見了一抹紅色的身影。還沒等他看個仔細，常亦乘就從身後捂住他的眼睛，微涼掌心覆蓋住他所有的視線。

「別看。」

隔著單薄的春衣，紀洵的後背感覺到了男人胸膛的微震。他密長的睫毛顫了幾下，耳邊聽見謝星顏驚呼一聲，與此同時，常亦乘猛地把他往牆角推了一把。

短刀出鞘的清鳴，比弓箭上弦的聲音快一步響起。

紀洵迷迷糊糊地感覺自己差點撞上了輪椅，他來不及細想，反手甩出霧氣護住李辭，再抬起眼時，就發現自己剛才站立的位置被一張巨大的紅紙圍住。

蓋頭的顏色急速變淺。前後不過一個呼吸的停頓，就在那張紙即將變成一道影子的時候，泛起冷光的刀刃由上往下地斜砍過蓋頭，刀身攜著強勁的力道打在柱子上，交錯劈出刺目的火花。

門外詭異的女聲發出一聲尖叫，謝星顏的弓箭也在此時趕到，「嗖」的一聲射中被砍斷、飛散到半空的布片，將其牢牢地釘進了牆面。

燈在此時亮了起來。

紀洵定睛望去，只見牆上釘著的，分明是半張紅色的新娘剪紙。

他側過臉，再看到之前被紅紙圍住的地方，頓時挺直了背脊。

原本擺在那裡的椅子，也被砍成了兩半。

如果沒有被及時推開……紀洵不敢想像，現在他還能不能毫髮無損地站在這裡。

常亦乘：「沒事嗎？」

紀洵「嗯」了一聲，有點不自在。因為常亦乘走過來時，低垂的視線一寸寸地掃過他，彷彿要親自檢查過才放心似的，盯著他看了很久。

旁邊還有其他人在，紀洵抿抿唇角，不自覺地捏了下耳垂。誰知這個動作卻引起了常亦乘的注意，他臉色一沉，不知誤會了什麼，居然稍彎下腰湊過來查看：「受傷了？」

溫熱呼吸伴隨著冷冽嗓音漫過他的耳廓，紀洵困窘地躲開：「真的沒受傷。」

結果他一扭頭，不小心對上了謝星顏微妙的目光。

謝星顏抽抽嘴角，一言不發地打了個響指，箭矢化作微光，回到她領口的蝴蝶結內。

其實這時候她要是調侃幾句，紀洵就不會這麼尷尬，但小女孩一臉「我都懶得評價」的無言表情，反而讓他愣了幾秒。

幸好輪椅轉動的聲響，引開了大家的注意力。

「幫個忙。」李辭將輪椅停在門邊，「我開不了門。」

謝星顏離得最近，上前把門打開。天上月色皎潔地照著地面，門前那堆鞭炮碎屑還在，但又多出了一樣東西。李辭彎下腰，將其撿起。

那是一張巴掌大小的、用黃表紙裁成的紙人。

紀洵微愣，視線掠過常亦乘的肩膀，望向地上碎成幾片的新娘剪紙。

剪紙這種東西，大家都不陌生。傳統的民間藝術，根據剪出來的形狀和所用的紙，分別代表著不同的寓意。眼前這張紅色的新娘像，自然該是吉祥喜氣的祝福，但門外那張黃紙人，卻有著完全相反的含義。

那是用來祭奠死人的。

在什麼情況下，這兩種截然相反的物品才會出現在同一個地方？

謝星顏眨眨眼睛：「這場婚禮該不會是……冥婚吧？」

已經恢復鎮定的紀洵搖頭：「如果是冥婚，特案組應該早就會發現了才對。」

更何況婚禮的影片在網路上傳遍了，新郎的身分也早早被熱心的網友們扒得一乾二淨。

新郎是個貨真價實的活人，姓成。

成先生從小就刻苦念書，大學考考進了一線城市的知名學府。研究所畢業後留在外地，簽了家上市公司，工作後也很受主管與同事們的歡迎，沒幾年就升職加薪，走上了人生巔峰。簡而言之就是出生於小地方，卻靠知識改變了命運的優秀青年。

若非如此，以羅小姐的家境來看，父母也不會同意她嫁給成先生。

李辭把黃紙人放到桌上：「我有一個想法。」

謝星顏：「什麼？」

李辭閉了閉眼，輕輕揉著太陽穴：「紀景揚他們或許不是失蹤。」

紀洵立刻心領神會，其實在敲門聲響起時，他也差不多意識到了，後來黃紙人扮成新娘的語氣向他們詢問鞋子的去處，更進一步堅定了他的想法。

「他們多半是主動藏起來了。」紀洵說，「紀景揚不想讓惡靈找到最後那隻鞋。」

惡靈只帶走新娘，說明它極有可能是要靠這些鳳冠霞帔的女孩子，去完成一場重要的儀式。而與新娘相關的儀式，自然就只會是婚禮。

無論惡靈舉辦婚禮的目的是什麼，新娘總歸是婚禮上最重要的角色，絕不能衣冠不整，連鞋都沒有穿齊。只要它找不到落下的這隻繡花鞋，那麼婚禮就辦不成。

這樣一來，羅小姐存活的機率就更大了一些。

李辭蒼白的臉上露出了一個淺淡的笑容：「不愧是他。」

沒有證據，但李辭就是覺得，這主意肯定是紀景揚想出來的。也不知該說他是心思縝密還是大大咧咧，居然敢以失蹤的方式吸引其他靈師過來，繼續順著他的線索往下查。

回過神來的謝星顏也鬆了一口氣。從知道紀景揚不見的那一刻開始，她就擔心會不會又是一起殺人奪靈的事件，一路顧及著其他人的心情不敢開口，都快把她憋死了。

「不是殺人奪靈就好。」謝星顏放下心，手往桌子一撐，輕盈地坐上去，晃著腿踢了下腳邊裂開的椅子，「新娘失蹤的原理，就跟這把椅子一樣吧？」

眾人沉默地點了點頭。羅小姐並非憑空消失，當她獨自坐在房間裡等待丈夫時，有張剪紙飄落到她身邊，在她不注意的時候突然變大，將她裹了進去。然後就像紀洵看見的那樣，剪紙眨眼間就變成了影子。

夜晚喧鬧的宴會上，光影交錯，又有誰會去細數屋裡是不是多出了一道不該存在的影子呢。

謝星顏鼓了鼓腮幫子：「話說回來，帶走她的影子會躲在哪裡呢？」

總不能就靠他們四個人，把嶺莊每個角落都翻遍，就為了找出一道會隨著光線變化、時淺時深的影子吧。需要設個陷阱把它引出來才行。

想到這裡，紀洵眼睛一亮：「再辦一場婚禮不就好了？」

謝星顏：「？」

她指手指向自己：「這裡只有我一個女的，意思是讓我來當誘餌嘍？」小女孩琢磨了一下，「也行，救人要緊，但你們……」

「我來。」紀洵打斷了她的話。

沉默多時的常亦乘掀起眼皮，冷聲阻止：「新娘會有危險。」

「我知道，所以誰想的方法由誰來完成。」紀洵轉頭朝他笑了笑。

上次在望鳴山，明明是他自己出的主意，最終游進湖底的人卻是常亦乘。這一回，他不想再把其他人拖下水了。

「打擾一下。」謝星顏舉手提問，「結婚是兩個人的事，那請問新郎在哪裡呢？」

紀洵唇邊的笑意一僵，目光掠過病怏怏的李辭，再轉向明顯還未成年的謝星顏，最後落在了常亦乘那張好看凌厲的臉上。

他發誓，他沒有任何別的意思，但無論從哪個角度分析，剩下的三個人裡……

紀洵清清嗓子：「好像，只能是你了？」

常亦乘：「……」

◎

舉辦假婚禮的想法很冒險，卻是效率最高的方式。

原因在於，除了新娘接連失蹤以外，嶺莊就是個偏僻祥和的古鎮，說明這裡的惡靈只針對新娘出手，根本不在意其他閒雜人等。

當然，靈師們也可以選擇等影子出來找鞋時，多跟它交手幾次，或許還能發現別的線索。可首先他們不確定影子多久會出來一趟，二來也不確定紀景揚還能藏多久，要是鞋子提前被惡靈找到，裝備齊全的羅小姐很可能馬上就會遭遇不測。要想速戰速決，只能釣魚偵查。

本來紀洵還擔心自己畢竟是個男的，不知道能不能蒙混過關，結果李辭聽他們討論完後，只問了一句：「確定不讓謝星顏扮演新娘？」

「保護未成年人是每個成年人的責任。」紀洵調侃完，又補充一句，「何況新娘有被帶走的風險，她不在，就少了一層保障。」

謝星顏面無表情地拍著手：「所以我就是保鏢嘍？」

紀洵笑了起來，默認了這一層意思。

和煦的笑容落在常亦乘眼裡，如同刀割般扎眼。男人轉頭望向門外，搭在刀鞘上的食指有一下沒一下地敲著，眉宇間的神色逐漸陰沉。

自從紀洵想出這個鬼主意後，好幾次他都想動手把紀洵敲暈。把人關進房間裡也好，更過分的用鍊子把人鎖起來也行。

紀洵明知有危險，卻為了救人而依然決定涉險，常亦乘不喜歡看到他這個樣子。

從前的紀相言是這樣，現在的紀洵還是這樣。

他視若神明的那位，始終把救人於水火視為己任，哪怕魂魄不全地在世間遊蕩了千年，刻在骨子裡的想法也從未改變。可世間是如何回報這分恩情的？

常亦乘垂下眼，搭在刀鞘上的指骨繃緊，煩躁的心緒從靈魂深處刺了出來，讓他的呼吸都變得沉重。

忽然間，一隻白淨的手掌覆在他的手背上，常亦乘呼吸一頓，側臉望去。

「你怎麼了？」紀洵看著他問。

常亦乘微低著頭，從對方眼中看見了滿室清亮的燈光，皺了下眉，終究還是搖頭：「沒事。」

紀洵清清嗓子，狀似不經意地抬起手，摸了下自己的喉嚨。

常亦乘一愣，隨即意識到頸間的印記又出現了。他抬眼掃過另外兩人打量的目光，一言不發地轉身走到了門外。

李辭若有所思地看著他的背影，看了一會兒才收回視線，緩聲開口：「我有件靈器，能幫你瞞過去。」

「啊？」紀洵還在琢磨常亦乘剛才的反應，愣了愣才反應過來，「什麼靈器？」

李辭深吸一口氣，將掌心蜷攏虛握。他的氣色本來就差，片刻過後，連嘴唇也變得蒼白了幾分。再攤開手時，掌心裡多出了一片白色的花瓣。

李辭的額頭滲出了一層薄汗，抬手示意紀洵過去。

紀洵走到輪椅前蹲下身，沒有著急詢問，而是先放出霧氣替他緩解不適。

李辭愣了一下：「謝謝。」

「不客氣。」紀洵笑了笑，等對方脫力的手腕停止顫抖後，才說，「回頭找個時間，我幫你好好治一治？」

李辭悵然地輕笑一聲：「好。」

「這花瓣有什麼用處？」謝星顏在旁邊好奇地問。

李辭將花瓣遞出來，紀洵接過之後詫異地眨了眨眼。明明看起來是柔軟纖薄的花瓣，握在手裡竟是硬而冰涼的手感，像摸到了一片鏡子的碎片。花瓣融入他的掌心，頃刻間化作虛影。

「鏡花水月的空靈幻象。」李辭解釋道，「現在開始，你在陌生人眼中就是個女孩子。」

紀洵的視線恍惚了一瞬。

「……還能再變回來嗎？」他忐忑地問，畢竟這對他來說真的很重要。

李辭點頭：「一天之後，幻象會自動解除。」

◎

按照習俗，拜堂要等黃昏後才能開始。

今晚無事可做，除了李辭以外，其他三人在新郎成先生家輪流守夜等到天亮，那道影子也沒再出現過。

第二天是個陰天。醒來後，紀洵推開窗戶，看著山間濃濃白霧散滿嶺莊每一個角落，覺得這不像個成親的好日子，反倒挺適合出殯的。

不過一想到今天的「新娘」是他自己，他就默默在心裡撤回了前言。

下午四點多，霧氣越來越濃，特案組的成員也在此時趕到。收到消息後，他就馬不停蹄地四處協調，不僅帶來了婚禮要用的物品，還神奇地找來了出席婚禮的賓客和嗩吶班子。

「他們都是那三個女孩的親屬。」他向幾位靈師解釋道，「我一聯繫他們，大家就都表示願意過來幫忙。」

這群人剛進屋，紀洵就看見上過熱門話題的新郎成先生。成先生大概有幾晚都沒睡好覺，瞪著滿是血絲的雙眼看向地面，旁人跟他說話也沒什麼反應，顯然是傷心到了極點。

紀洵環視過人群，沒看見七〇一室的房東羅老師，便小聲問特案組的人：「羅小姐的爺爺沒來？」

對方回憶了一下，說：「那位老先生因為孫女失蹤，急得進了醫院。」

「嚴重嗎？」

「不算很嚴重，就是要休養幾天。」特案組成員感到奇怪地道，「欸，你們認識啊？」

紀洵點了點頭，心裡同時也鬆了一口氣。還好羅老師沒來，否則等事情結束之後，他真不知該如何解釋身為「專業武術運動員」的常亦乘，為什麼會出現在嶺莊。

「對了，衣服我也帶來了。」特案組成員打開箱子，拿出裡面大紅色的喜袍，忍不住提了一句：「不是我要說，美女妳個子也太高了，差點就找不到妳能穿的了。」

「美女」本人嘴角抽了抽，接過嫁衣細細一看，發現這套衣服不僅很古舊，聞起來還有股長年不見天日的灰塵味。

同樣拿了新郎服的常亦乘也注意到了這個細節，低聲問：「哪來的衣服？」

特案組成員說：「民俗紀念館的展示品。」

紀洵：「？」

古鎮裡有民俗紀念館不奇怪，嶺莊人奉行傳統婚禮，在館中展覽中式婚服也不稀奇。可奇怪的是，為什麼要展出一套如此寬大的嫁衣？

他與常亦乘交換過眼神，又扭頭看向李辭和謝星顏，四人眼中都傳遞出相同的困惑。

特案組成員見他們疑惑不語，自己也察覺出不對勁來了：「對啊，普通的新娘也長不出一百八十公分高的個子，他們沒事把嫁衣做得這麼大幹嘛？」

謝星顏壓低聲音：「不會是惡靈發現了我們的計畫，將計就計？」

「衣服很舊，肯定不是剛做出來的。」紀洵問，「這是誰給你的？」

特案組成員轉過身，很快地從神色不安的賓客堆中，帶來了一位六十來歲的女人：「她叫許桂芬，紀念館就開在她家。」

許桂芬還不清楚發生了什麼事，惶恐地問：「小姐，怎麼了嗎？」

才幾分鐘不到的時間，紀洵就從別人口中聽到了兩個讓他生無可戀的稱呼。

他無奈地揉揉太陽穴，見其他人留意到這邊的動靜，也開始朝著這裡張望，就笑著說：「阿姨，這衣服太複雜了，我不會穿，您能教教我嗎？」

許桂芬「哦」了一聲：「這裡人多，我上樓幫妳換吧。」

關上房門，紀洵把嫁衣鋪在床上，終於意識到這套衣服有多大件。他甚至產生了一個不太禮貌的想法——換作常亦乘來扮演新娘，恐怕都是綽綽有餘。

許桂芬真的以為他不會穿，還在一旁輕聲細語地教他。紀洵聽完後，裝作好奇的語氣：「嶺莊的女孩子，是不是個子都很高啊？」

「沒這回事。」許桂芬說，「像妳這麼高的女孩子，我也是頭一次見到。」

紀洵哽了一下，「那這套衣服，做出來原本是要給誰穿的？」

許桂芬頓時變得遲疑，生出皺紋的臉上擠出了一個勉強的笑容：「沒有要給誰穿，就是一件展示品，做得比較大件而已。」

紀洵斂起了溫和的神色。他不想為難長輩，但這種語焉不詳的態度著實令人生疑。思考片刻，他把手裡的蓋頭往旁邊一扔，輕笑道：「您到底想不想要讓我們找人？」

許桂芬急了：「怎麼會不想，失蹤的第一個新娘子就是我女兒啊！」她抬起雙眼，眼中隱約有淚光閃爍，「她總在夢裡哭著對我說，她想回家，我比誰都盼望能早點找到她。」

紀洵咬牙，硬著心腸回道：「那您還不肯說實話？」

窗外的天色依舊陰暗，潮濕的山霧從木頭縫隙裡透進來，把房間的空氣都帶得陰冷了起來。許桂芬為難地絞緊手指，過了好半天才開口：「我怕會嚇到妳。」

嶺莊的人不知道世間有惡靈存在，只把新娘失蹤的現象當作是鬧鬼。這件事聽起來太詭異，她女兒不見的時候，他們也找過幾個神婆來驅鬼，錢是花了不少，人卻一直沒有找到。

到了第二個女孩失蹤，那些神婆說什麼都不肯來了。

大家都說失蹤的新娘多半已經死了，但許桂芬想，總歸活要見人、死要見屍啊，哪能不明不白地讓女兒迷失在外頭呢。現在好不容易盼到有人能出面幫忙，萬一被她說的事嚇跑了，那她就連最後一絲希望也沒了。

見許桂芬的態度有所鬆動，紀洵的神色也緩和了一些：「我膽子大，您儘管說。」

年邁的女人揚起頭，她看不出紀洵真實的長相，只覺得這女孩個子高挑得像電視上的模特兒，長得也清清冷冷的，好像是沒那麼容易被嚇到。

「那我就說了。」許桂芬放下防備，慢吞吞地開口，「我們這個地方，許多年前鬧過鬼。」

◎

許佳芬年輕的時候，嶺莊還不推崇傳統婚禮。

由於當時的社會風潮，人們也在逐漸接受新的觀念。洋氣一點的女孩子結婚時都喜歡去照相館拍婚紗照，再穿上租來的婚紗，邀請親戚朋友去城裡的酒店吃酒席，其實就跟現在流行的婚禮差不多。

直到有一年，下了一場暴雨。

暴雨當天，許桂芬的鄰居也在城裡辦了酒席，晚上大家回來後，她還去湊熱鬧，鬧了洞房。十點多的時候回到家裡，躺在床上翻來覆去睡不著。她在想，鄰居家的女孩穿上婚紗真好看，以後她結婚的時候也要弄那麼一套衣服來穿。

不想半夜時分，隔壁傳來了連聲的慘叫。

嶺莊的房子都是木製結構，隔音差，所以許佳芬乾脆坐起來，推開窗戶。她看見斜對面那對新人的房間裡亮起了燈，新郎也正從窗戶內探頭往外面看。

許桂芬只問了一句：「大晚上的，你們在吵什麼？」

新郎驚恐地盯著她，慌慌張張地捂住了嘴。

許桂芬感到納悶：「你說話啊，捂著嘴是什麼意思？」

新郎不肯出聲，朝她拚命搖頭。而他身後披頭散髮的新娘，則嚇得五官都扭曲了，指著她「啊啊啊啊」地說不出一句完整的話，像個啞巴似的。

慢慢的，許桂芬回過神來了。

他們是在提醒她，別出聲。

她轉頭看向被雨淋濕的窗戶，手心冰涼。緊接著，她聽到窗戶下面的牆上，發出了「啪」的一聲動靜。

一隻慘白的手攀住了她的窗臺。

許桂芬嚇得尖叫一聲，想也不想就一把將窗戶關起來，「嘩啦」幾下剛把窗簾扯攏，就雙腳一軟，跌坐在地上，躲在那裡不敢再發出一丁點聲音。

「啪」，又是一個聲音響起。

電閃雷鳴的光線穿透廉價的窗簾，把外面的景象映在了她房間的地板上。

一個巨大的人影正從她的窗戶外爬過。

那人影是穿著衣服的，腦袋像是被什麼東西罩住了，看不清輪廓，只有前面幾根吊墜似的裝飾，隨著人影的動作在雨中晃動。

許桂芬不敢再看了，把腦袋埋進膝蓋，死死摀住耳朵。

天亮的時候，雨停了。她爸媽把門敲得震天響，她才恍惚地站起來開門，結果門一開，她爸就說昨天結婚的那戶人家出了事。

新娘死了。

新郎也瘋瘋癲癲的，逢人就說自己看見了一個穿嫁衣的新娘子在牆上爬。

隔壁家報了警，員警來了也沒查出什麼，後來這件事就不了了之。

但是許桂芬知道，新娘是被活活嚇死的。

她不敢把這事說給別人聽，怕自己也像新郎那樣被當作神經病，只能換了個房間睡覺。

可是不久後，嶺莊鬧鬼的傳聞終究還是傳開了。

每逢下雨天的深夜，都會有人看見一個穿著大紅色喜袍的新娘子。她個子高得像個怪物，有時爬過屋頂，有時出現在巷口路燈下，有時就站在別人家的窗戶外面。被雨水浸濕的嫁衣紅得如血一般，滴滴答答地淌著血水。

嶺莊這個地方少說也有上千年的歷史，要說這千百年裡有沒有哪位新娘含恨而死，還真不確定。大家沒辦法，於是籌錢請了人來作法。

對方在古鎮裡走了一圈，嘮嘮叨叨地獨自嘀咕了一會兒後，出了一個主意給他們。

「那人說是我們忘本，惹怒了老祖宗。」許桂芬站在床邊，看著那套寬大的嫁衣顫抖地道：「就叫我們重新做一套嫁衣，擺在鎮子的東南角，還叫我們以後辦婚禮都得按老祖宗的規矩來。」

鎮子的東南角，就是後來的民俗紀念館。

紀洵：「之後就沒再鬧過鬼了？」

許桂芬：「沒有再鬧過了。」

難怪她先前不肯說出真相，原來這套衣服是用來鎮鬼的。

紀洵知道世上所謂的鬼，說到底其實就是惡靈，倒也不忌諱衣服的來歷。他只是在想，按照許桂芬的說法，當年的「鬼」和如今作祟的「惡靈」似乎是兩種不同的東西。一個除了嚇人以外什麼也不做，一個不嚇人、直接把新娘搶走。難道是過了這麼多年，當初被鎮住的那個惡靈的同伙出來報復人類了？

支走許桂芬後，紀洵創了一個通訊群組，把一同前來的四個靈師拉進來，將新鮮出爐的線索分享到群組裡。

消息剛發出去，外面就有人敲了門。紀洵打開門，當場愣住。

常亦乘已經換好衣服了。他皮膚白，穿著大紅色的新郎服也很好看，就是眉宇間那點抹不去的戾氣，讓他看起來不像新郎，反而像是一個出來索命的惡鬼。

「時間到了？」紀洵問。

常亦乘點頭，沉默幾秒後說：「現在反悔還來得及。」

「我沒有反悔。」紀洵語氣堅定，「等我幾分鐘。」

時間緊急，他連門都沒關，直接衝到床邊脫掉外套，手忙腳亂地把嫁衣往身上穿。這身衣服真的是大得離譜，穿在他身上鬆鬆垮垮的，過長的裙襬垂在地上，讓他生平頭一次懷疑起自己的身高。

樓下的嗩吶聲已經響起，本該充滿喜慶的音樂落在他耳中，跟送葬的哀樂沒什麼差別。紀洵確認過手指上的黑玉戒指還在，捏了捏指骨，一鼓作氣撿起蓋頭，搭在腦袋上。

倚在門邊的常亦乘眸色忽沉。

他張開嘴想說什麼，卻只在紀洵磕磕絆絆地走過來時，伸手扶了他一把：「小心點。」

樓下，嗩吶班子費力地吹著音樂，始終裝不出歡喜的笑容。其他三個女孩的家屬與他們一樣，個個面色沉重，屋子裡沒有婚禮該有的歡聲笑語，肅穆得如同出席葬禮一般。

謝星顏摘下領口的蝴蝶結拿在手裡，眼珠子轉來轉去，關注著四周的情況。

兩個「新人」走下樓梯，在場最年長的一位老人示意常亦乘留在屋內。而紀洵則蒙著腦袋，只能看清腳下的路，也不知道被誰領著到了屋外。等劈里啪啦的鞭炮聲消散後，他聞著嗆鼻的硝煙味，聽到身邊的人對他說了句話。

「謝謝妳啊。」是許桂芬的聲音。

「不客氣。」紀洵深呼吸幾次，很不熟練地跨過門前擺放的火盆。

直到此時，他的心臟終於劇烈地跳動了起來。可能是許桂芬剛才告訴他的故事，讓他懷疑嶺莊裡實際上有兩個惡靈，感覺任務難度瞬間提升了太多。也可能是因為，在樓上匆匆一瞥時，他再次意識到，常亦乘的外貌其實相當吸引他。

「……？」等等，我在想什麼。

紀洵對自己有點無言，回過神來時，人已經走到常亦乘身邊了。

一個緊張中帶著驚懼的老人，用發抖的聲音喊道：「一拜天地——」

常亦乘看向燃著火燭的天地桌，撩開衣襬，跪了下去。

紀洵感覺到身邊的動靜，悄悄瞥了常亦乘的方向一眼，也跟著往下跪。

事到臨頭，他必須承認，這種氛圍實在太微妙了。他不知道接下來會發生什麼事，他面臨的是攸關生死的危險，周圍其他人也很清楚，所以他們忐忑不安，卻沒有人站出來阻止。

由始至終，只有陪他做完這場戲的常亦乘，是發自內心地不想讓他去冒險。

「二拜高堂——」

紀洵站起來，向事先準備的、代表父母的牌位下跪叩首，心情像是被捲進了某種荒誕的情緒裡，以致於產生了一個怪異的想法。

他明明只想做個獸醫，明明知道紀景揚多半平安無事，為什麼還要以身犯險去救人？

但朦朧之中，又有另一個聲音響起，告訴他，這就是你誕生於世的意義。

兩種交錯的念頭盤旋在他腦海中，讓他的行動也變得遲疑了一些。

「夫妻對拜——」

紀洵停住了動作。

常亦乘見他沒動，便也沒拜，而是看著他低聲問：「怎麼了？」

不得不說，拜堂拜到一半突然不動的新娘，看起來著實有些嚇人。主持儀式的老人瞪大眼睛，愣愣地與席間的嶺莊當地人面面相覷，誰都不敢出聲。

只有謝星顏轉過頭，小聲詢問身旁的李辭：「現在是什麼情況？」

李辭不置可否，只搖頭表示不知。事實上他也覺得奇怪，哪怕紀洵誤以為自己是人，但照理來說，他做為一個寄生於死胎的靈，冥冥之中應該還殘留著身為靈的本能。

平時像醫生那樣救人也就罷了。到了這種時候，靈的本能會指引紀洵做出怎樣的選擇？

李辭呼吸有些散亂。他與靈相伴多年，仍然有許多解不開的謎題。

靈的善惡到底是如何養成的？願意與人和平相處的善靈，又能夠為人做到什麼地步？

如果有一個靈，願意為了救人而赴湯蹈火，那到底是人值得拯救……還是他在寄身歲月長河的時光裡，面對另一種比自己弱小百倍不止的人類，產生的一種近似於憐憫的慈悲？

一時之間，屋內只剩下燭火燃燒的細微炸裂聲。

鬚髮花白的老人心神不寧，他看著外面越來越暗的天色，唯恐這位外面來的新娘反悔，顫顫巍巍地以帶著哭腔的音調，最後喊了一句。

「夫、夫妻對拜……」

聲若蚊蠅，只有離得最近的兩人聽見了。

紀洵釋然地笑了一下，不想再糾結於那些細枝末節的雜念。

他想救人。

於是他緩慢轉身，面向常亦乘彎下了腰。

這一刻，常亦乘說不出心裡是何想法，耳邊只是迴響起很久以前聽說過的一句話。

『我不求他們回報。』

滄海桑田，無論身分如何變幻，他的神明依舊只會給出相同的答案。

NOT A HUMAN

第四章 義莊

私はたぶん人ではない

私はたぶん人ではない

NOT A HUMAN

禮成，送新娘入洞房。

紀洵被領到樓上的臨時房間，等待惡靈上門。蓋頭還不能揭下，他只能盯著腳上那雙尺寸不合的繡花鞋發呆，直到藏在嫁衣裡的手機震了震，他才拿出來點開。

謝星顏在群組裡問：『紀洵，你怎麼樣了？』

紀洵：『沒事，你們呢？』

謝星顏：『其他人還是老樣子，又驚又怕。不過某人正在暴走的邊緣試探，那惡靈再不來，我都怕他先發瘋了。』

不用明說，紀洵也能猜到她指的「某人」是誰。他笑了笑，專程在群裡標註了常亦乘：『冷靜一點，我有霧氣能防身。』

『他在觀察屋內的影子，估計沒空看手機。』謝星顏心領神會地解釋道，『我在屋外放了雀鷹，你往窗戶那邊看一眼。』

紀洵稍稍撩起蓋頭，果然看見謝星顏的善靈就停在窗臺邊，兩隻玻璃珠似的眼珠緊緊注視著屋內的剪紙。紅燭將剪紙的影子放大了無數倍，明暗交錯的線條扭曲地映在牆上，落在紀洵眼裡，全像是一張張怪異的臉。

知道外面有人正以不同的方式守護著自己，他稍微放心了些，繼續低頭聊天。

紀洵：『閒著也是閒著，聊聊許桂芬講的鬼故事吧。』

『那個男人在哪裡？』李辭插話問。

紀洵在輸入框打出『誰？』，正準備發出去，就心神一動。

嶺莊第一次鬧鬼的那天晚上，新娘被當場嚇死，新郎嚇得失去了神智，這是許桂芬親口告訴他的舊事。那麼後來呢，新郎去哪裡了？

算算年紀，新郎應該跟許桂芬差不多大。按照現在的生活條件，只要好好生活，六十多歲的老人身體也可以很健康，但要是個沒有自理能力的瘋子，就不一定了。

人死後，也有機率能變成惡靈。

紀洵：『幫我再向阿姨多問幾句？』

幾分鐘後，李辭傳來了回覆。

當年的新郎名叫田學偉，是家中的獨子，自從妻子去世後精神就變得不太正常。起初還有父母照顧，後來父母年紀大了，先後去世，他就被送到城裡的精神病院裡去了。再後來，聽說他從精神病院裡偷跑出去，從此下落不明。

紀洵皺眉，感覺心裡的猜測得到了印證。

如果田學偉死後變成了惡靈，那他搶新娘的目的是什麼？

他結婚辦的是西式婚禮，妻子到死都沒穿過紅色的嫁衣。難道是他迷迷糊糊地意識到，他們兩人遭遇不測的原因，就是惹怒了老祖宗，才回到嶺莊，想要彌補當年的過失？

紀洵打算把整理出來的想法分段發到群組裡，才剛發出去第一行字，他就默默搖了搖頭。有點牽強，這個結論目前還缺少太多重要的環節來證明。

他移動手指想把訊息收回，目光掃到最底下的訊息時，猛地愣住。

那行字旁邊顯示著訊息還未傳出的小箭頭。

緊接著，介面跳出一行提示，宛如一盆冷水潑下。

『網路狀態不穩定。請確認連線狀況。』

同時，謝星顏在樓下變了臉色：「紀洵不見了。」

話音未落，身穿喜袍的常亦乘已經衝上二樓，一腳踹開房門。雀鷹在窗外焦急地撲搧翅膀，想撞破玻璃衝進來，而點滿火燭的房間內，本該坐在床邊的紀洵憑空消失。

◎

紀洵確信，他沒看見任何影子靠近自己。

如果影子是從後方襲擊了他，那麼守在窗外的雀鷹也該發出警告，而不是在大家都保持警惕的情況下，任由他從房間被惡靈轉移進入乾坤陣。

他扯掉蓋頭，環視周圍狹窄的空間。無論深紅似血的裝飾，還是空間規律搖晃的頻率，又或者不絕於耳的嗩吶吹奏聲，都顯而易見地告訴紀洵，他正坐在一頂送親的喜轎裡，就是不知道抬轎和奏樂的究竟是什麼東西。

想到這裡，紀洵抬手將右邊的轎簾掀開一條小縫，借著昏暗的天光看清外面的景象時，背脊一寒。

一行身著白色喪服的人隨行在轎邊，他們個個戴著面具，看不到臉。伴隨著激昂熱鬧的喜樂，送葬的人揚起手，圓形方孔的紙就紛紛揚揚地漫天散開。

不知是送親還是送葬的隊伍行走在林間，路邊高大的松柏好像快要伸進黑沉的天空。天空壓得很低，彷彿隨時會撲過來吞噬掉地面的一切，看得紀洵心裡發毛。他收回手，在淒厲的嗩吶聲中，依舊聽見心臟瘋狂跳動的聲音撞擊著胸膛。

幾乎是下意識的，他往身後看了一眼。可是除了繡滿鴛鴦的轎飾，他沒能像以往那樣，看見那道讓他安心的黑色身影。

只能靠自己了。

紀洵深呼吸幾次，慢慢鎮定下來。反正來都來了，不如靜觀其變，說不定還能找到其他失蹤的新娘。他沒有急著放出霧氣，只是安靜地坐在轎內，等待隊伍到達迎親的地點。

不知過去多久，隊伍終於停了。轎夫把喜轎往前一斜，紀洵趕緊把蓋頭搭在腦袋上，裝出溫柔嫻熟的新娘模樣。有人掀開了前面的轎簾，一隻籠著喪服白袖的手伸了進來。

紀洵把手搭上去，摸到了粗糙的質感。

是個紙人。

大概是他瞬間輕顫的指尖驚動了對方，紙人沒有馬上把他往外領，而是頓在原地一動也不動。紀洵隔著蓋頭都能察覺到，有雙空洞的眼睛正陰森森地盯著他。

徐徐冷風吹拂過他的後頸，如同空無一人的身後，有冰冷的呼吸吹開了他的衣襟，在他後頸激起了恐懼的顫慄。

一張紙錢飄到了他的腳邊。

紀洵抑制住想要逃跑的衝動，及時放鬆了手腕的力道，紙人這才牽著他下了轎。

紀洵大部分的視野都被蓋頭擋住，只能沿路看見幾位轎夫踩在地上的雙腳。他們的腳也是用紙糊的，不知哪來的微弱光線掃過地面，除了紀洵本人以外，他看不見其他任何事物的影子。

紙人領著他上了幾步臺階，就抽回了手。紀洵知道自己站在一扇門前，門檻與臺階都一塵不染，像是有誰每日都會在這裡仔細打掃，不肯留下絲毫灰塵。

視野受限的時候，聽覺就格外靈敏。紙人微不可聞的腳步聲正從他身後漸行漸遠，到了最後，甚至是一路小跑回到了喜橋那邊，像在懼怕著屋內的人一般。

下一刻，嗩吶再次響了起來。這一次，他們吹響的是悲痛蒼涼的哀樂。

紀洵的心臟都快跳到喉頭了，這惡靈該不會……真的是想辦一場冥婚婚禮？

一瞬間，紀洵不禁沒來由地想，他到底何德何能，居然一天之內連辦兩場婚禮，也不知道惡靈的世界判不判重婚罪。

在他胡思亂想的時候，哀樂聲也越來越遠。送葬的紙人走得比來時快了不少，前後不過幾分鐘的時間就再也聽不見了。宛如他們從來沒有來過這裡，紀洵不過是獨自走到了門前。

紀洵一動也不動，低頭估算著時間，足足等了快十五分鐘，門依舊沒開。

「……」這是新娘上門該有的待遇嗎？

紀洵心裡覺得奇怪，索性掀開蓋頭，抬眼往上一看。

隨風搖晃的白燈籠隱隱照亮了門上的木匾，兩個黑色的大字闖入了他的眼簾。

——義莊[1]。

紀洵漂亮的臉上閃過一絲驚懼。

他想起來時看到的松柏，才漸漸反應過來，那的確是該出現在死人停留之地的植物。

紀洵半闔下眼，密長的睫毛遮掩過微顫的瞳孔。思忖片刻後，他抬手推開了義莊的大門。

義莊不大，開門就能看見一個鬼氣森森的院子。院中凌亂地擺放著幾口漆黑的棺材，院牆上掛著白色的燈籠與靈旛[2]，被刺骨寒風吹出嗚咽般的聲調。除此以外，就只剩下一片死寂，不像有人的樣子。

紀洵放出戒指的霧氣，踩著滿地的紙錢往前走。院子盡頭只有一間寬闊的屋子，門沒有關，他走到門邊謹慎地打量了一番，只看見一些桌椅櫃几之類的舊家具。

真奇怪。紀洵一時摸不著頭緒，就算他在下轎之後看見迎親的死人新郎，恐怕都不會有

1 義莊：是一種起源於宋代，由宗族維護的民間慈善機構。舉凡扶幼、養老、婚嫁、喪葬、濟貧、救災、助學，皆能發揮作用，也可以提供暫時擺放棺木的地方。

2 靈旛：出殯時孝子手上所拿的招魂旗。

此刻的場景來得詭異，至少他還能根據惡靈的行為，揣測對方的用意。可眼下，他明知道這裡有危險，卻不知道危險躲藏在哪裡。

確認屋子裡沒有任何異常後，紀洵硬著頭皮轉過身，望向院中的棺材。猶豫的目光在掃過某處時，忽然亮了起來。靠近院門的那口棺材，縫隙處露出了一點紅色的布料。

紀洵長這麼大，別說開棺了，從小連棺材都沒碰過，換作以前的他肯定不會想到，自己有朝一日竟然要做出如此擾人清眠的事。

但萬一躺在裡面的人，是失蹤的新娘呢？

戒指的霧氣越來越濃，蓋過了嫁衣的紅色。紀洵把自己嚴嚴實實地保護起來，才走到那口棺材邊，嘀咕了一句「不好意思」，便弓著背，用力把棺材蓋往旁邊推開。

「咚」的一聲，棺材蓋翻倒在地。

穿著喜袍的新娘正靜靜地躺在裡面。紀洵第一時間去看她的腳，只見兩隻繡花鞋整整齊齊地穿在她腳上。他視線再往上，停留在新娘的胸口注視幾秒，發現這人沒有呼吸。

是被擄走後死掉的女孩子，還是她原本就是具死去很久的屍體？

紀洵抿了下唇，驀地想到什麼，保持面對棺材的角度後退幾步，又去開第二個棺材。這個是空的。

他稍側過臉，看向院中剩下的最後三口棺材，正想挑選一名幸運觀眾時，突然聽到離得最遠的那口棺材裡響起了指甲刮過木材的尖利聲，那聲音像一把鈍刀刮過他的耳廓。

紀洵遲疑了一下，聽見裡面的聲音越來越吵，變成了拍打棺木的聲音。

他默念了一句「來都來了」，抱著事已至此不如作死的想法，上前開棺。

蒙著蓋頭的新娘猛地坐起來，胸口劇烈地起伏，像在大口呼吸新鮮的空氣。她過了一會兒才哽咽地說：「救命、救命……」

紀洵看著她只穿了一隻繡花鞋的腳：「羅小姐？」

女孩一下子沒了聲音，她恐慌地抱緊自己，許久後才問：「妳是誰，妳把我抓來這裡要幹什麼？」

紀洵沒有說話，他垂眸看著女孩始終不曾摘下的蓋頭，挑了挑眉，戒指的霧氣不受控制地湧動起來。不知哪裡來的勇氣，促使他頭腦一熱，直接伸手抓住蓋頭的邊角往下一拉。

然後紀洵就後悔了。

這個女孩，沒有臉。

紀洵想到義莊掛著的燈籠。他看到的畫面，就是女孩頂著一個紙糊的白色腦袋，坐在棺材裡與他對視。

儘管她臉上沒有五官，但紀洵就是認為，女孩能看見他。

「妳們都是被抓來的？」女孩問。

紀洵一愣，確認她說的是「妳們」之後，手臂竄起了一片雞皮疙瘩。

他扭頭往身後望去，剩下的棺材不知何時全打開了。另外兩個同樣身穿嫁衣的新娘從棺材裡坐起來，根據服裝的圖案判斷，她們正齊齊朝向紀洵的方向，似乎在等待他的回答。

乾坤陣中沒有日月星辰，寫了「奠」字的白燈籠攏著光，照得大紅嫁衣也蒙了層慘澹的顏色，令此刻短暫的沉默更顯詭異。

紀洵掐了一下虎口，提醒自己鎮定下來。他的大腦飛速運轉，短短幾秒鐘內，已經分析完自己的處境。

老實說，很危險。根據來時的山路判斷，這個停放死人的院子很偏僻，估計已經走出了嶺莊古鎮的範圍，常亦乘恐怕很難馬上確定乾坤陣的位置。

不能一味等待別人來救。這個喜喪交織的乾坤陣，要由他自己來破解。

紀洵理清頭緒，唇邊揚起了一抹溫和無害的笑容：「對啊，妳也是？」

女孩點點頭，小心地從棺材裡往外爬。紀洵默然地觀察她的姿勢，爬出來的時候有點費力，但沒有之前的紙人那麼僵硬，更像是由於害怕而瑟瑟發抖，造成的動作不連貫。

女孩翻出來時沒有站穩，差點摔到地上。她踉蹌著抓住紀洵的衣襬，才穩住身形，接著驚魂未定地問：「妳知道這裡是哪裡嗎？不不不，妳身上有手機嗎？快點報警。」

「……？」紀洵心中起疑，故意一頓一頓地低下頭，語調毫無起伏地問，「報警？」

女孩說：「對啊，我們肯定是被綁架了，快叫員警過來救人啊。」

紀洵繼續慢吞吞地問：「妳怎麼知道，我一定是人？」

衣襬陡然往下一沉，緊接著就被鬆開了。女孩倉皇地後退幾步，撞上了身後的棺材，她緊緊摳住黑色的木材，身子慢慢矮了下去，腿軟得像水摻多了的麵團，無力地往地上癱坐。

紀洵心中的疑惑更深了。

不對勁，儘管看不見對方的表情，但她的肢體語言透露出了強烈且真實的恐懼。

惡靈的演技有那麼好？這不拿個奧斯卡獎說不過去吧。

紀洵神經一顫，蹲下身。女孩叫都叫不出來了，雙手毫無章法地在空中揮舞，想把他趕走。

「別動。」紀洵抓住她的手，低頭聞了聞。很淡，但她袖口確實殘餘著一絲香水的味道，好像真的是失蹤的羅小姐。但她怎麼會變成這副鬼樣子？

電光石火之間，紀洵聯想到普通人進入乾坤陣後，身體會出現虛弱的症狀，不由得想，這難道也是虛弱症狀的其中一種？

紀洵想了想，說：「剛才是騙妳的，我真的是人沒錯。」

「妳騙我，妳肯定在騙我……」女孩不信，抽泣道，「我沒做過壞事，冤有頭債有主，妳們能不能放過我？」

紀洵稍側過頭，眼角餘光撇見那兩個新娘也從棺材裡翻了出來。

他壓低聲音問：「妳爺爺是濟川人，對嗎？」

女孩崩潰的喘氣聲忽停，語氣裡多出幾分憤怒：「妳還想害我爺爺？」

紀洵：「……」

所以說不作死就不會死，這下好了，他在被困人員心目中完全成了個喪心病狂的惡鬼。

身後傳來「篤、篤、篤」的腳步聲，那兩個新娘離他們越來越近。

紀洵迅速摸出手機，點開相簿。沒記錯的話，相簿裡應該有他前幾天拍的社區花園。

他把手機扔給羅小姐：「自己看，這是不是妳爺爺在濟川的社區。」

說完，不管她做何反應，紀洵直接站起來轉過身，迎著離他們不到兩公尺遠的一位新娘衝了過去。跟之前一樣，紀洵扯下對方的蓋頭，毫不意外地看見一張燈籠般慘白的紙糊臉。

新娘「喀」的一聲歪過頭，一縷青煙從她領口縫隙裡溢出。

紀洵聞到了某種紙張燃燒的味道，心裡大驚，抬手甩出濃烈的霧氣將對方推遠，再反身探手，將近在咫尺的另一位新娘的蓋頭瞬間拉下。

這個更不行。臉上竟然隱約浮現出了不祥的「奠」字。

來晚了。

紀洵神色一變，意識到這就是嶺莊之前失蹤的兩位新娘。但她們被擄走太久，早就沒有了活人的呼吸。她們已經死了，並且還異變成了怪物。

宛如竹條摩擦紙張的詭異聲響從兩位新娘身體裡傳出，她們抬起青白粗糙的手臂，直直朝紀洵撲來。

紀洵轉身就逃，霧氣在他身後聚集，替他擋住了紙新娘的攻擊，自己則跑到羅小姐身邊，抓過對方，「快走！」

羅小姐嚇了一跳，她目光掃過那兩個明顯不是人的新娘，來不及細想，便跟著紀洵往大門跑去。眼看出口近在眼前，紀洵居然在危急時刻來了個平地摔。他直挺挺地摔倒在地，想爬起來時，腳下不知踩到什麼，又摔了回去，錯愕的神色中頓時夾雜了一絲無言。

這礙事的大尺碼嫁衣！

關鍵時候，羅小姐生出了一股突如其來的勇氣。她還不確定紀洵究竟是什麼人，但這個笨手笨腳的高挑女孩，顯然比那兩個沒有臉的怪物更值得信任。

她沒有獨自逃命，手忙腳亂地把紀洵拉起來：「用火燒她們行不行？」

紀洵心神一動，沒等他有所動作，霧氣就感應到了他的想法，迅馳如風般捲過院牆，裹著幾只燈籠砸向那兩個新娘。

這一刻，紀洵前所未有地理解了常亦乘。

難怪常亦乘每回跟惡靈對上，出手都是又快又狠。哪怕此時他想為兩個無辜的女孩留下完整的屍體，但乾坤陣中凶險異常，根本容不下仔細思量的餘地。稍有猶豫，就會殃及還有希望獲救的人。

燈籠中的燭火觸紙即燃，熊熊火光映在紀洵純澈的瞳孔裡，他撇開眼，用霧氣護住了羅小姐那顆同樣用紙糊而成的腦袋。

冰冷空氣中瀰漫開嗆人的燃燒味。羅小姐顫抖著問：「妳到底是什麼人？」

紀洵騙她：「是羅老師叫我來救妳的，他很擔心妳。」

「爺爺他還好嗎？」她的聲音幾乎快被劈里啪啦的燃燒聲蓋過。

紀洵心想羅老師還好，但妳的情況卻不太好。他沉思幾秒，覺得還是應該把實情告訴對方，免得她不小心用火燒到臉，又或者偶然發現自己沒有臉，猝不及防被嚇得心臟驟停。

轉過頭的剎那，紀洵的視線一愣。

透過漂浮的霧氣，他看到了女孩秀麗靈動的眼睛。

驀然間，紀洵想起了戒指的另一個功能。

淨化。

◎

林間，兩只燈籠照亮了腳下昏暗的道路。

恢復原樣的羅小姐還不知道自己身上發生過什麼事情，提著離開義莊前拿來的白燈籠，邊走邊問：「紀小姐，妳說……我們現在到底在哪裡？」

紀洵內心一片麻木。

萬萬沒有想到，假扮新娘為他帶來的最大傷害，居然是在其他人眼中被迫變性。

他清清嗓子，回答說：「應該是在嶺莊附近。對了，妳還記得自己是怎麼進來的嗎？」

羅小姐眉頭輕蹙：「記得。」

她被帶走的經歷和紀洵差不多。

那晚拜過堂後，她獨自到了樓上的婚房。因為傻坐著實在太無聊，加上她沒有這方面的儀式感，就沒等丈夫上樓，自己先取下蓋頭，用手機玩自拍。

拍著拍著，她發現取景框裡的背景變了。

「我坐進了轎子裡。」女孩驚恐地輕聲細語，漆黑的空間進一步烘托出講鬼故事的氛圍，「當時我嚇壞了，在裡面哭著喊著要出去，可是沒有人理我，我就想自己打開轎簾逃跑。」

「然後呢？」

然後她發現面前的轎簾打不開，像被人焊死了似的。

無論她雙手如何用力去掰，轎簾都紋絲不動。她只好掀開旁邊的小簾子，想從那裡鑽出去。結果一個戴著面具的紙人，把她推了回去。

那條路太長了，長得她哭到脫力，昏昏沉沉地失去了所有掙扎的力氣。等轎子停下後，先前阻攔她的紙人鑽進來，說了一句話。

『死都死了，就別折騰了。』

紀洵一愣，問：「它真的這麼說了？」

「對啊，聽完我都快瘋了。」羅小姐心有餘悸，「我明明還活著，可它居然說我是個死人。」

面對如此詭異的場景，羅小姐嚇破了膽。她想推開紙人跑出喜轎，雙腳卻怎麼都使不上

力，只能眼睜睜看著那個紙人撿起落在轎裡的蓋頭，幫她重新蓋了上去。

「後來我失去了意識，再醒過來時，就在棺材裡了。」羅小姐說。

紀洵心裡的疑問解開了一個。之前他就在想，為什麼其他女孩被關進了棺材，而他卻能夠自由活動。如今想來，他們之間的差異就在這裡。

新婚之夜遇到如此鬼氣森森的事情，正常人都會嚇得失去理智。別說被針對的是新娘，就算惡靈把新郎也一起抓來，凡是沒有經歷過惡靈作祟的普通人，面對超出他們常識的發展，大概都會經歷一陣慌亂徒勞的掙扎。

紀洵提前做好了心理準備，在轎中扮演一個安靜乖順的新娘……或者說，一個行屍走肉的死人，才沒讓紙人出手對付他。

難怪他下轎時稍不留神，周圍的氣氛都凝固了一瞬。原來是差點暴露了他是活人的事實。

「那妳被帶走的時候，有沒有看見奇怪的影子或是剪紙？」紀洵又問。

羅小姐仔細回憶片刻，說：「沒有欸。」

不對啊。紀洵納悶了，按照他們昨晚遇到的那個新娘影子，以及被常亦乘砍斷的巨大紅紙來看，惡靈動手的時候，應該有很明顯的徵兆才對。但他跟身邊的女孩，都是不知不覺地被帶到了喜轎裡。

路邊突起的石頭在此時絆了紀洵一下。羅小姐見怪不怪地扶住他：「姐妹，不是我要吐槽，妳這身衣服從哪裡搞來的，也太不合身了吧，這一路妳摔了多少次了。」

「臨時借的……」紀洵話音一頓，瞳孔緊縮。

他緩緩把燈籠移到身體的側後方，自己的影子頓時被拉長放大，映在了道路前方。

昨晚親眼目睹的畫面，在腦海中浮現出來。那紅紙，是張輪廓剪得惟妙惟肖的新娘像。

而現在身穿紅色嫁衣的他，不就正好是個新娘嗎？

「新娘影，新娘像。」紀洵眼中漫上一層茅塞頓開的明朗，「原來是這樣，難怪防不住。」

羅小姐愣了好半天，終於反應過來了。她臉色「唰」地變得慘白，無論如何都沒想到，這套衣服和她被光線照出的影子，會是害她被抓走的原因。

「那那那我們該怎麼辦。」羅小姐提著燈籠的手微微顫抖，「這都走了半天了，連個人影都沒看見，還能找到出去的路嗎？」

紀洵看她一眼，安慰道：「別慌，應該快到了。」

「到哪裡？」她緊張地四處張望，周圍還是黑漆漆的，不像有出口的樣子。但就在下一刻，隨著道路轉過彎，紀洵停下了腳步。

他望著林間雜亂矗立的長條形墓碑，輕聲笑了一下。看來他找對地方了，既然義莊是用來停放屍體的，那麼附近必定還有屍體下葬的地方。況且嶺莊只有房屋沒有墳墓，想來從前有人去世，屍體都是運送到類似於祖墳之類的地點統一安葬的。

羅小姐整個人都不好了：「大半夜的，來墓地幹嘛？」

紀洵：「挖墳。」

「？」

紀洵把礙事的裙襬和袖口拉起來紮緊，提著燈籠，開始尋找能當鏟子用的東西。

「雖然這事有點強人所難，但如果妳願意幫忙找，就能提高效率，我們說不定就能早點出去。」他低著頭說。

羅小姐結結巴巴地問：「妳、妳要找……找什麼。」

「一口很大的棺材。」

想要解開乾坤陣，重中之重就是找到陣眼。

嶺莊鬧鬼的傳聞由新娘而起。在當地人的描述裡，鳳冠霞帔的鬼新娘身形格外高大，不似尋常人。惡靈設下的乾坤陣又與棺材有關，那麼眼前這片墓地裡，或許會有線索。

紀洵沒有透露惡靈與乾坤陣的詳情，只把這番話翻譯成一個大眾更方便理解的鬼故事，告訴了羅小姐。

羅小姐聽完，久久無法平靜。

「等等，我順一下喔。按照妳的說法，嶺莊先後出了兩個鬼，抓我們的鬼很可能是個男的，他之所以作惡，是因為幾十年前有個女鬼害了他們夫妻倆……」

羅小姐在墳地邊緣，不敢往裡面走，戰戰兢兢地問：「所以我們得先找出女鬼的真相，試圖感化這個男鬼，讓他早點放下怨恨，往生極樂？」

紀洵：「差不多是這個意思。」

羅小姐的三觀搖搖欲墜：「太超乎我的想像了，這叫我回去以後還怎麼正常工作。」

紀洵笑了笑，誰不是呢。放寒假時，他還是個為了論文初稿熬夜奮戰的普通人，現在卻要在荒郊野嶺的墓地裡找棺材，並且等回到濟川後，還要應付讓人頭大的論文修改和答辯。太荒唐了。

這片墓地荒置已久，紀洵找了半天，只在一個破損的墓碑邊找到一塊還算鋒利的石塊。他試著用其在泥土裡挖了幾下，確認能用，就抬頭望向羅小姐，用眼神詢問對方的意見。

羅小姐是個循規蹈矩的好市民，做夢都沒想到，有朝一日需要去挖人家的祖墳。

她深吸一口氣，問：「妳不會害我，對嗎？」

「嗯。」

「行吧，來都來了。」羅小姐心一橫，捧過石塊撩起袖子，「那就挖它個痛快！」

紀洵：「……」倒也不必如此。

說是挖墳，他們倆也不至於傻乎乎地把墓地全部翻開。

按照紀洵的推測，如果真的有一口能裝下高大新娘的棺材，那麼它的占地面積肯定比普通棺材更大，因此他們只需要查驗與其他墳墓相隔較遠的墓碑就可以了。

紀洵一心二用，分出一縷霧氣當翻土的工具使喚，再單獨留出幾縷縈繞在羅小姐周圍，提防她在乾坤陣中產生異變。

這片墓地想必沒經過規劃，大大小小上百座墓碑散亂地矗立在林間，有時晃眼看過去，倒像一個個高矮不一的人，正躲在暗處偷看他們，這種景象顯然會給人造成極大的心理壓力。好在他們不用把棺材徹底挖出來，只需要等羅小姐確定棺材的位置，紀洵再用霧氣沿著棺蓋摸索一圈，確定它的大小。

離得最近的一片檢查完後，羅小姐就抱著石塊往前走。她現在已經是個熟練的挖墳人了，彎腰擺好姿勢，然後「哈！」的一聲，就將石塊插進了泥土裡。

「咦？」羅小姐愣了一下，看著大半埋沒進泥土的石塊，「這塊地蠻好挖的嘛。」

紀洵：「……啊？」

羅小姐笑了起來：「真的，地特別軟，一點都不費勁。」

紀洵沒有說話，而是讓霧氣往這塊墓碑後面探索了一番，指尖傳回的觸感與羅小姐的形容一致，以眼前的墓碑為界線，後面大片的泥土都是鬆軟的。

可他明明記得，之前挖過的那片區域，土質極其堅硬。

同樣的墓地在什麼情況下，才會出現兩個區域的地面硬度差異如此之大的情況？

紀洵：「在我們之前，也有人來挖過墳。」

羅小姐的臉色瞬間一變：「妳確定是人挖的？」

不會是……鬼吧？

她腦海中不受控制地出現了驚悚的畫面。夜黑風高，面色青白的鬼影出現在墓地，他身下沒有影子，拖著一把血跡斑斑的鐵鏟，一遍又一遍地將鐵鏟插進土裡。

紀洵聽懂她的意思，把燈籠往前面照遠了些。慘澹的燭光照耀之下，他看清楚了。

後面好幾十座墓碑周圍的泥土，都有被人翻動再重新蓋上的痕跡。

羅小姐高昂的工作激情，剎那間消失無蹤。她慌忙丟掉石塊，開口想說什麼，紀洵就把食指豎在唇邊，暗示她別出聲，然後集中精力，將霧氣盡數在林間散開。

羅小姐摀住嘴巴，睜大了眼睛。之前紀洵只放出幾縷霧氣，她還覺得沒什麼，這時鋪天蓋地的霧氣如織網般融入昏暗天色，其中又閃爍著淺淡的光芒，像在荒涼墓地裡放飛了無數隻螢火蟲。

很怪誕，但也很美。

她揚起頭，看向身著紅衣卻神色清冷的「紀小姐」，莫名懷疑自己還是上了當。

這可能不是爺爺派來救她的奇人異士。而是隱居深山的神明，踏入凡間來懲惡揚善了。

紀洵還不知道自己在對方心中的形象已經大幅昇華，他睫毛輕顫，思緒恍惚，彷彿回到了望鳴山中。

那時他為了阻止靈師內鬥，一口氣釋放所有的靈力，也跟現在一樣，無法判斷自己究竟還能撐多久。但體內的靈力仍然源源不絕地湧出來，使他的視野變成了昏黃暖色。

相比那時，此刻紀洵對周圍的感知更加清晰了。他看見遠山連綿起伏的輪廓，也聞到了山頭薄霧重重的潮濕氣息，還有千百年來深山之中孤寂寥落的氛圍，全都通過巡遊四散的霧氣一併傳了回來。

這種感覺很熟悉。

好像曾經有許多次，他路過時漫不經心地一瞥，就看盡了世間所有的繁華與落寞。

忽然，紀洵的指尖顫了一下。

他順著那縷霧氣遠眺過去，稍一皺眉，將霧氣往回拉扯：「過來。」

羅小姐在旁邊聽得一愣。這簡短兩個字的確是紀小姐的聲音，但跟之前那種淡而溫和的語調不同，多出了一點訓斥的意味。

然後就是一聲由遠及近的慘叫，穿破層層樹影飛馳而來。

羅小姐嚇了一大跳，幾步躲開後再定睛一看，發現飛過來的居然是個人影。霧氣在那人影快要跌落地面時托了一下，讓那人輕輕落地。

那人似乎極度地害怕他們，匍匐在地不住地顫抖。從她的角度看過去，只能看清對方雙手的手背皺得像塊蒼老斑駁的樹皮，看手的大小，應該是個男人。他不知遇到了什麼事，十指血肉模糊，隱約能看見裡面森白的骨頭。

紀洵指揮霧氣纏住那人的腦袋，讓那人抬起頭來。面目斑駁的老人眼中滿是驚恐，汙濁的血液從他七竅流出，在他臉上畫出了道道紛雜的血痕。

羅小姐一看這人年紀跟她爺爺差不多大，頓時不忍心了：「你是誰，怎麼搞成這副模樣？」

老人喉嚨裡發出含糊不清的音調，聽不清在說什麼。

紀洵遲疑片刻，心念一轉。纏繞著老人的霧氣緩緩覆蓋過他的臉與雙手，再散開時，老人身上的傷口痊癒了，只剩濕潤的血跡還沒來得及乾涸。

羅小姐大開眼界：「妳也太厲害了吧，一下子就把他治好了。」

「熟能生巧罷了。」紀洵謙虛完，又蹲下身仔細觀察老人的模樣。

他才疏學淺，分辨不出這究竟是人還是靈，但對方剛才七竅出血的樣子，又很像在乾坤陣裡變得虛弱的普通人。最後他索性直接問：「你叫什麼名字？」

老人大概察覺到他們沒有惡意，猶豫過後，終於顫顫巍巍地開口：「田學偉。」

許小姐小聲問：「田學偉是誰？」

紀洵瞳孔驟然一縮。就在他被帶進乾坤陣之前，他剛從手機裡看到過這個名字。

第一次鬧鬼時，那位被嚇瘋了的新郎。

他果真回到了嶺莊。

深夜，嶺莊。

常亦乘推開面前的木門，入目是個荒廢多年的屋子。

屋內遍布蛛網與灰塵，但仔細一看，地面上有許多雜亂的腳印。腳印出自同一個人，來來回回地踩進踩出，明顯是多次在屋子裡出入。

他順著腳印來到一扇上鎖的門前，二話不說，一刀劈斷了門鎖。

跟在身後的謝星顏與李辭彼此對視一眼，都沒有出聲。

自從紀洵失蹤後，常亦乘就變得不太對勁了。他們都以為他會失控發瘋，可他由始至終沒說一個字，只是神色冷淡如冰，不用靠近，都能感受到他強行壓抑住的濃烈殺意，像一顆不定時炸彈，不知何時就會炸開，將周遭的一切化作硝煙。

李辭和謝星顏沒有藏私，能用的靈和靈器都用了一遍，還是沒有找到紀洵的蹤跡。而現在他們已經快把嶺莊翻遍了，最後只剩下田學偉家這棟房子。

幸好，屋內的腳印給出了一條線索。田學偉家中有人出沒。

謝星顏跟著進入裡面那間小屋，環視過後，確定近期有人曾住在這裡。

床上鋪著破舊的被褥，地上還堆著換下來的髒衣服，住在這裡的人不知去過哪裡，褲管和鞋子上都滿是泥點。

常亦乘沒心情慢慢翻找，一股腦地將桌上的東西推開，粗暴的動作伴隨一件件沒用的物品落地聲響起，聽得謝星顏心驚膽顫。

很快，常亦乘停了下來。他從抽屜裡找到一疊泛黃的信紙，低垂的視線掃過兩頁，就一言不發地轉身往外走。

經過李辭身邊時，李辭問：「你要去哪裡？」

常亦乘沒說話，直接將那疊信紙半扔半遞地交給李辭，獨自走進了屋外的月色裡。

李辭撿起掉在身上的信紙，和謝星顏一邊跟出去，一邊看了看，意識到這並不是信，而是有人用凌亂的字跡記錄下的發現。

『新娘在棺材裡。』

『不是她、不是她……』

『找大棺材，田學偉你務必記住，你要找很大的棺材。』

『今天沒找到。』

『今天也沒找到，大棺材到底在哪裡。』

『又有新娘送來了，也不是她。』

『下雨，我又去了山裡的墓地，還是找不到大棺材。』

『我看見鬼了。』

「你看見的鬼，長什麼樣子？」

墓地裡，紀洵看向田學偉輕聲問。

田學偉瑟縮著蹲在樹下，略往外突起的眼眶中，瞳孔不安地轉動。他已經沒有在流血了，但依舊時不時用力伸手擦臉，滿是裂口的掌心摩擦過皮膚，帶下一些乾裂的皮屑。

這樣的人或許不能算是瘋子，但多少有點偏執的神經質。其實也可以理解，沒人有權力要求一個新婚之夜遭逢突變、後來又被送進精神病院的人保持正常的理智。

田學偉要笑不笑地咧開嘴：「再等等。」

「等什麼？」羅小姐害怕地問。

田學偉幽幽地說：「它就要來了。」

羅小姐被這句話嚇得不輕，默默往紀洵身邊挪過去。

紀洵收回林間的霧氣，攏在三人周圍，腦子裡開始琢磨田學偉之前斷斷續續說過的話。

據田學偉所說，他從精神病院跑出來後，在外面流浪了很多年，也從沒想過要回嶺莊。這裡對他而言是個傷心地，當然是能躲多遠就躲多遠，起碼還能在渾渾噩噩的日子裡繼續逃避。

直到有天，他在垃圾桶裡撿塑膠瓶時，看見對街的酒店正在舉辦一場婚禮。新娘穿著潔白的婚紗，笑意盈盈地走下婚車。

那一幕刺痛了他的雙眼。

遙遠得彷彿前世的曾經，他曾也有過那麼一位溫柔美麗的妻子，卻活活嚇死在與他新婚的當晚。

從那天起，田學偉決定報仇。他要找出那個鬼新娘，掘了她的墳，拆了她的棺，毀了她的屍體，讓她永生永世都不得安寧。

偷偷回到嶺莊的田學偉怕再被送進醫院，這一年多來始終晝伏夜出。好在嶺莊如今只剩老年人居住，大家通常都休息得早，他的存在也始終沒有暴露。

家中多年無人居住，水電早就停了。他還和流浪的時候一樣，餓了就去撿垃圾堆裡的剩飯剩菜，身上髒了就去河裡洗澡。期間還生過幾場病，也沒錢買藥，就硬生生地挺了過來。

田學偉越發堅定地相信，老天爺不收他的命，就是要讓他活下來報仇。

皇天不負苦心人，他在深山裡找到了許多年前的一片墓地。從此他經常扛著鐵鏟上山，一挖就是好幾天，實在挖不動了就下山回家休息兩、三天，養好精神再過來。

結果有天晚上，他在墓地裡聽見了嘹亮的嗩吶聲。

田學偉順著聲音的方向找去，走到半路就覺得頭暈眼花，一低頭，發現自己流鼻血了。他身體本來就不好，便沒有放在心上。

等他看見那支詭異的送親隊伍時，田學偉的魂都嚇丟了一半。他慌慌張張地想跑下山，卻怎樣都找不到出口，在森林裡繞了大半天，都只能不斷地回到出發的位置。

「我碰到鬼打牆了。」田學偉是這樣理解的。

後來他實在走不動了，加上失血過多，半路暈了過去。

醒過來後，鬼打牆消失了，他趁夜回到嶺莊的家中，聽見周圍鄰居都在討論昨晚失蹤的新娘。田學偉生了一場大病，他想著那支送親的隊伍，總覺得不太對勁。

好不容易康復後，就繼續上山挖墳，想試試看能不能再次遇到鬼打牆。過了兩個月，他才看見了一模一樣的紙人送親。

這一回他沒有跑，而是拖著虛弱的身體沿路跟蹤，終於看見昏迷不醒的新娘被抬進義莊，被裝進一口漆黑的棺材裡。

紙人吹奏著哀樂漸漸遠去。田學偉想走進義莊一探究竟，可惜體力不支，再次暈了過去。不過在中途的時候，他迷迷糊糊地醒過來一次。

「我看見鬼了。」

說出這句話時，他語調喑啞飄忽，聽得紀洵都忍不住搓了搓手臂，羅小姐更是摀住耳朵不想聽。

話說回來，紀洵想，按照對方的說法，每次新娘被惡靈擄走時，墓地和義莊周圍都會出現乾坤陣。過一段時間乾坤陣又會消失，讓田學偉得以返回家中。

紀洵沉思片刻，問道：「你這次上山，看見了幾次送親隊伍？」

田學偉顫悠悠地比出兩根手指。應該就是紀洵本人和羅小姐被送進義莊的兩次。

紀洵：「第一次過後，鬼也來了？」

田學偉點頭。

「兩次送親之間，鬼打牆消失過嗎？」紀洵又問。

田學偉聲若蚊蠅：「……沒有。」

那就對得上了。紀洵低頭看向羅小姐沒穿鞋子的右腳，心想他們的推測果然沒錯。惡靈帶走新娘估計會舉辦一個儀式，將女孩從人轉變成陰氣森森的紙人。這個儀式過程很短，短到田學偉去年兩次都有命活著離開乾坤陣。

羅小姐進入乾坤陣後，身體也產生過異變。但以惡靈作祟的時間來看，她能撐到紀洵出現，正是因為紀景揚藏起了羅小姐那隻繡花鞋，導致她不能算是一個完整的新娘。惡靈後來發現儀式進行不下去，才會在嶺莊四處搜尋她的鞋子。

若非如此，紀洵在義莊看到的，恐怕會是三個紙人新娘。

此舉唯獨苦了田學偉，從羅小姐失蹤那天算起，在乾坤陣裡待了這麼多天，差點就要一命嗚呼了。紀洵默默往老年男人那邊多送了點霧氣，像在寵物醫院裡，用保溫供氧箱保護性命垂危的小動物似的，把整個人都圍了起來。

田學偉感覺到流失的精力正在慢慢回歸體內，甚至比住在嶺莊的時候，身體還要更舒適了一些。他看不懂這位高個子女孩在做什麼，卻能從她的舉動裡察覺一二。這些年，他在外面嘗盡人情冷暖，已經很久沒有人見到他這副瘋癲又邋遢的樣子，還願意溫柔地對待他。

田學偉臉上似有動容，低聲提醒：「把燈籠滅了，都別說話，別出聲。」

紀洵和羅小姐對視一眼，聽話地吹滅了燈籠中的燭火。

然後田學偉就摸索著抓過他們的手，在兩人掌心裡分別寫下了同一個字。

瞎。

紀洵眨眨眼睛，似乎明白了什麼。

沒過多久，更深處的林間響起了木材拖拽過地面的聲響。他們身處的位置視野不錯，雖然有樹影遮擋，卻因為墓地還算開闊，能依稀看見四面八方的景象。

嘎吱、嘎吱——

隨著聲音越來越近，羅小姐驚恐地摀住了下半張臉，唯恐她的呼吸聲會驚動到那個鬼。

紀洵也放輕呼吸，穩住心神循聲望去。看清來的是什麼東西後，他不由得想，難怪田學偉不肯說。

實在是太難描述了。

他首先看見的是一口棺材，前幾秒他還以為惡靈的真身是棺材成精，但再仔細一看，就發現那就是一口普通的棺材，是由真正的惡靈在拖著它前進。

惡靈勉強有個男人的形狀。之所以說勉強，全是因為它的身體不僅只有上半身，肢體還錯亂地搭在一起，像身上的骨頭被打斷成幾截後，又十分隨便地長了回去。

它左手只剩下半截胳膊，右手從手肘處分岔長出兩隻小臂。脖子那段可能找不到了，整顆頭顱凹陷進肩頸處的深窩裡，加上瘦骨嶙峋的軀幹，使它看起來像個凹凸不平的肉球。

老實說，有點噁心。

羅小姐已經從搗嘴改為搗眼睛了，紀洵情緒還算穩定，繼續專注地觀察。

惡靈用幾根堅韌的藤條把自己與棺材綁在一起，借由身體右邊的兩隻手掌撐著地面發力，一下一下地把棺材往前拖。

距離更近後，紀洵注意到這人頭上裹著黑色的儒巾，很像從前那些書生出門時會做的打扮。但惡靈的臉上沒有半點儒雅的氣質，只因它頭骨也錯了位，左半張臉往下塌著，右邊則滿是猙獰的劃痕。眼睛處只有一個窟窿，嘴角處似乎是被刀割開了一道長長的口子，直咧到耳根邊。

紀洵皺眉，這如果是由死人變成的惡靈，他真不敢想像對方死前究竟遭遇過什麼。

要是紀景揚在場，恐怕又要苦口婆心地教導他，說不要同情惡靈，會變得不幸的。但紀洵看著眼前的一幕，心中莫名生出些許唏噓。

正如田學偉告訴他們的那樣，惡靈的眼睛看不見。它已經來到距離紀洵三人不到十公尺遠的地方，也沒有看他們一眼，只是一個勁兒地朝著更遠處、還留了幾盞燈籠的義莊而去。

紀洵明白田學偉讓他們熄滅燈籠的用意了。惡靈雖然幾乎看不見，但大概還能模糊地感知到黑暗中的光影。要是他們這時還亮著兩盞白燈籠，那就等於是兩個主動送死的活靶子。

難怪新娘的失蹤總是發生於獨自在房間等待的時候。四周燭火分明，她們一人的影子映在屋內，當然是顯眼極了。

棺材不時撞到周圍的墓碑，沉悶且單調的撞擊聲擦過耳廓，讓周圍的空氣更顯冰冷。

紀洵記得乾坤陣的陣眼通常會出現在陣主周圍，便微瞇起眼睛，視線在惡靈與棺材間來回巡視。

突然，他眼前一亮。惡靈襤褸的布衫夾層裡露出了一張破舊紅紙的邊角，紅紙往裡折著，隱約能看出一點黑色字跡，但很難分辨上面寫了什麼。

直到惡靈徹底遠離墓地，三人才鬆了一口氣。

從林間往義莊的方向望去，那道怪異的身影還在拖著棺材慢慢挪動。

紀洵沒有忘記自己在義莊幹了哪些好事，心裡不由得震了一下。不知道等惡靈發現新娘不是跑了就是沒了，會不會在震怒之下，毀了乾坤陣中所有的事物。

他壓低聲音問：「你們看清它身上那張紅紙了嗎？」

「什麼紙？」羅小姐同樣小聲地問。

「這裡。」紀洵指了下腰側，又比劃道，「裝在它的衣服裡，露出差不多大拇指這麼長一截。」

羅小姐雖說捣住了眼睛，但中途還是鬼使神差地從指縫裡偷看過幾眼。她細細回憶了一下，搖了搖頭：「才那麼小一截，它隔得又遠，光線又暗，誰看得清呀。」

田學偉也表示自己沒看見。紀洵一愣，這才悟出以普通人的視力而言，確實很難看見那張紅紙的邊角。可他明明就看得很清楚，要不是角度不對，說不定還能認出上面寫的是什麼內容。

羅小姐看他一眼，敬佩道：「妳的夜視能力這麼好啊？」

「……還行吧。」紀洵尷尬地清清嗓子。

他反應過來了，可能是戒指在幫助靈力逐步提升。畢竟前兩回進乾坤陣的時候，視野絕對沒有如此清晰，而且今天放出諸多霧氣搜查山林過後，他也沒像之前那樣力竭暈了過去。

紀洵想了想，用幾縷霧氣繞成一個大圈，把另外兩人圍了起來。

「在這裡等著，千萬別出去。」他說，「我懷疑那個惡……那個鬼身上，有破解鬼打牆的關鍵，我要想辦法把它拿到手。」

羅小姐忐忑道：「妳一個人可以嗎？」

「試試看吧。」紀洵彎起眼睛笑了笑，「如果這些霧氣散了，你們也別來找我，能躲多久是多久，應該還有人會來救你們。」

不管換成誰來聽這句話，都能聽出他實際上並沒有十足的把握。

羅小姐抿緊嘴角，愁眉不展，想再出聲勸他留下來時，紀洵已經轉身往義莊走去。

他個子高、腿又長，走得也快，不一會兒就消失在兩人的視野裡。

快到義莊附近時，紀洵放輕了腳步，為了避免引起惡靈的警覺，他把除了墓地以外的霧氣全部收回了戒指內。

遠遠望去，義莊臺階上多出了兩道棺材拖動的痕跡。

惡靈已經進入義莊了。

紀洵神色一凜，悄聲靠近，等他做賊似地走上臺階後，終於聽見院子裡傳來「呵、呵」的呼氣聲。那聲音裡傳遞出無比怨恨的情緒，足以想像惡靈此時有多憤怒。

身為罪魁禍首，紀洵心如止水。他貼近木門，從半掩的縫隙裡望去，看見惡靈卸下了帶來的棺材，正拖著半個身體在地上來回摸索。

燒過紙人的火焰早已熄滅，化作院中一團冷灰。惡靈靠著右邊的兩隻手掌當掃帚，耗費許久時間，才把紙灰都掃到一塊兒。接下來發生的事，讓紀洵大為震驚。

只聽惡靈嘴裡不知嘟囔著什麼，一陣罡風橫掃過義莊，吹起飛揚的紙灰。紙灰在空中逐漸形成碎屑，又過了一會兒，惡靈雙掌在地上拍打兩下。

一眨眼的工夫，兩個紙紮的新娘完好如初地出現在它的面前。她們直挺挺地立著，寫著「奠」字的白色腦袋突然同時扭過頭來。

紀洵內心一片荒蕪。

是啊，即使惡靈眼睛不好，但它做出來的紙人倒是沒有視力障礙。

果然下一刻，惡靈彷彿領會到紙新娘的意思，猛地轉過身來。紀洵躲在暗處，它只能靠塌陷在眼眶邊緣的最後一隻眼球，迷茫地四處張望。

然後紙新娘就抬起僵硬的手臂，精准無誤地指向木門。

紀洵：「……」

他深吸一口氣，徑直推門而入。

不用慌，抬頭挺胸。他在心裡半是安慰、半是吐槽地想，誰還不是個新娘了？

紀洵走過去，擠出一個無害的笑容，目光溫和地掠過兩個紙新娘，最後落在了惡靈那張破爛殘缺的臉上。反正不管怎樣，先主動示好總歸沒錯。

想到這裡，紀洵的笑容越發親切，就差直接開口說出那句名臺詞。

我不是來拆散你們的，我是來加入你們的。

NOT A HUMAN

私はたぶん人ではない

第五章 婚書

NOT A HUMAN

離近一點看，惡靈的面容更加可怖了。

它翻滾著唯一的眼珠子，汙穢的黏液從眼眶中溢出來，流過它千瘡百孔的臉。

紀洵看著這張臉，產生了一個好奇的想法。

戒指的霧氣既然能使人恢復原貌，那麼用在靈身上呢？

有些念頭一旦產生，就縈繞在腦中揮之不去。紀洵低頭望向身高連他的腰都不到的惡靈，猶豫很久，終於還是忍住了。

墓地裡還有兩個普通人在等著脫困，他不能拿別人的生命安全來祭奠自己的好奇心。當務之急是破陣。

惡靈嘴裡「咕嚕」地發出嘶啞含混的聲音，紀洵聽不懂對方在嘮叨什麼，見它的眼珠子還在左右滾動，猜到了一個可能性。

紀洵：「剩下的那個跑遠了。」

惡靈愣住，噴薄的呼吸交織出濃烈怒意。

它果然還想找羅小姐。

紀洵微微皺了皺眉，懷疑眼前的惡靈有強迫症。羅小姐少了一隻繡花鞋，不能被轉化成紙人，既然如此，乾脆放棄她不就好了，為什麼還要執著地找她那隻鞋子呢？

乾坤陣裡送親的隊伍多半也出自惡靈之手，它既然能造出那麼多紙人，又何必捨近求遠地從外面綁架新娘來變成紙人？這人到底對活的新娘有什麼執念？

就在紀洵一頭霧水的時候，惡靈用兩隻手掌拍了三下地面。

宛如催促的信號響起，那兩個紙新娘驀地轉過身，向各自的棺材走去。

當她們自願坐進棺材後，兩張不知從哪飛來的蓋頭分別罩住了她們的腦袋，然後就是一陣窸窸窣窣的細碎聲響過，紙新娘規矩地躺回了棺材裡。

紀洵無法確定自己該做些什麼。畢竟他還沒跟惡靈舉行過神祕的儀式，冒然模仿紙新娘的行動，恐怕反倒會節外生枝。於是他靜靜地站在原地，等待惡靈的下一步舉動。

惡靈憑藉燈籠燭光，眼神直勾勾地盯著他。但紀洵注意到了，惡靈右邊兩隻畸型的手掌悄然一合，再錯開時，一張黃表紙剪成的紙人赫然現形。

然後就是陰森的寒氣，重重地從後方撞了過來。

紀洵一驚，感覺膝蓋後面被人踹了一腳似的，他的注意力全集中在惡靈身上，猝不及防直接跪了下去。跪得聲音還滿響的，「咚」的一聲，磕得他膝蓋生疼。

「……」或許這就是風水輪流轉吧，昔有布袋翁向他下跪，今有不知名的惡靈讓他跪下。

不過很快的，紀洵就理解了惡靈的用意。只見惡靈伸出手，緩緩將詭異的剪紙伸過來，口中念念有詞地嘀咕著不祥的咒語，它想摸索著把剪紙貼到紀洵的額頭上。

紀洵心裡一震，直覺告訴他，被貼上剪紙就完了。

電光石火之間，他猛然放出霧氣，一把拉扯過院牆上最後幾盞燈籠。瑩瑩白光聚攏成耀眼的火光，頓時吸引了惡靈的注意力。

紀洵等的就是這個機會。

他趁惡靈轉頭的眨眼瞬息貼身上前，將手伸向惡靈衣衫裡的那張紅紙。

惡靈的反應比想像中更快，就在紀洵的指尖碰到紅紙的那一刻，它怒嘯一聲，兩隻手掌竟然直接抓住了紀洵的手腕。穿透嫁衣與皮膚的腐蝕感隨即襲來。

紀洵強忍痛意，腦中飛快運轉，立刻改變了想法。

如果紅紙就是陣眼，那麼他也沒必要將其搶走，只需要毀了它就行。

眼看惡靈已經借力伏地向後躍起，抓住紀洵的手掌沒有鬆開，身體卻靈活得像山間的猴子般，跳到了紀洵背上。

後背一沉，扭曲的角度讓紀洵聽見右肩關節發出被錯位擰斷的聲音，他牙關一咬沒吭聲，只撐著「不成功就會死」的求生信念，控制散開的霧氣瞬間收回，然後齊齊朝後撲向了紅紙。

紀洵腦袋後面是沒有長眼睛的，他也沒試過在與惡靈纏鬥的時候指揮霧氣。可那些霧氣彷彿跟他心意相通，竟像隻黑色的游龍般伸展出利爪，抓到了紅紙的邊緣。

惡靈似乎對霧氣有幾分忌憚，又或許只是想護住那張紅紙。它居然鬆開了手，掛在紀洵背上口齒不清地亂叫。

紀洵的心卻靜了下來。他凝望著昏暗天色中的義莊，神色淡然地勾了下手指。

周遭短暫地安靜了一下。

下一秒，紙張被撕扯裂開的細微聲，被惡靈遭到霧氣拖拽扔開時發出的怒吼聲蓋了過去。周圍景色在此刻搖晃不止，空氣中浮現出龜裂的紋路。

紀洵笑了一下，看來他賭對了。

乾坤陣消散了。

沒等他示意，拖住惡靈的霧氣就圍了過來，既幫他治療右臂的拉傷，又把扯下來的小半張紅紙遞到他眼前。

紀洵垂眸，看清紙上的毛筆字跡時目光微愣。

這紙大概存放了太多年，不堪撕扯，霧氣搶到的這小半張也是不規則裂開的狀態，上面模糊的字跡並不連貫，卻也能大致讀懂。

『禮同掌判，合二姓為良緣……赤繩早繫，白首永偕……』

這是一封婚書。

強烈的疑惑湧上心頭。義莊本來就有空棺材，惡靈還不辭勞苦地又拖來一個，他是想湊齊什麼數字，還是想布什麼陣？

紀洵目光環視過院中六口棺材，神經一顫。之前他看棺材擺得不整齊，還以為是隨便亂放的，但多出新的這口棺材後，到底還是被他看出了些名堂來。

像一把短柄的勺子。

紀洵餘光瞥見惡靈的猙獰面孔漫上一層懾人的恨意，知道大事不妙。他不光破了人家的乾坤陣，還毀了人家珍藏的婚書！

來不及細想，紀洵拔腿就往義莊外跑。

身後，惡靈掙脫霧氣，手掌撐地迅速追了上來。它視力很差，全憑耳朵的聽覺判斷，竟然完全沒有妨礙，盛怒之下更是潛力爆發，眨眼間距離紀洵就只剩不到三公尺的距離。

聽著身後緊逼的詭異動靜，紀洵的心涼了一半。虧他還長了兩條長腿，結果居然跑不過沒腿的惡靈，這世上還有沒有天理！

但再往前跑就快到墓地了，想到墓地裡的兩個普通人，紀洵深吸一口氣，果斷停步轉身，正想拚盡全力打一場時，天空中就傳來了清脆的鳥鳴聲。

紀洵抬頭，看見了謝星顏的雀鷹。

謝星顏就在附近，那麼……

彷彿聽到他的呼喚，熟悉的瘦高身影伴隨著劃破空氣的金石聲，驟然殺出。短刀寒芒如雪，騰騰殺氣劈開了紀洵與惡靈之間的距離。

常亦乘提刀擋在紀洵身前，微側過臉，面無表情地看他一眼。

紀洵：「我沒事。」

男人不置可否，收回視線，只留給他一個耐人尋味的背影。

「？」

紀洵感到莫名其妙，這好像……是在生氣的意思。可是常亦乘在氣什麼呢，氣他不該扮成新娘，還是氣他被拉進乾坤陣這麼久才出來？

算了，這人性格本來就很古怪。紀洵拋開雜念：「別輕敵，它動作很……」

最後的「快」字還沒說出口，常亦乘就如風一般地衝了出去。

他直接視這兩公尺多的距離為無物，不到半秒的時間，人已在半途貼地矮身，鋒利刀刃從下往上刺入惡靈掌心，接著短刀一擰，往旁邊劃出一條長長的口子。

直到半個手掌被削斷的落地聲響起，紀洵才回過神來。

惡靈動作是快，但它快不過常亦乘。而惡靈右邊手臂痙攣地抽搐了一下，劇痛之下變掌為爪，剩下那隻完好的手掌忽然延展數倍，挾著陰冷寒風，直朝紀洵而來！

紀洵觀戰歸觀戰，卻始終沒有放鬆過警惕。他甩出大片霧氣迎擊，生死攸關的時刻，霧氣比以往顏色更深，竟眨眼纏住了惡靈筋骨嶙峋的五指，將它們同時往後一拉。

惡靈五指朝後翻了過去，一時掙脫不開。而它的身後，無量的刀鋒呼嘯而至。

就在短刀即將砍上它頭顱的時刻，惡靈猛一轉頭，用那隻渾濁的眼球看向常亦乘。

它五官扭曲，根本無法呈現出生動的表情。可常亦乘對上它的視線，動作竟莫名頓了半拍。

激戰之中，半拍足夠瞬息萬變。

惡靈仰天發出一聲咆哮，居然手裡用力，扯斷了被紀洵制住的手臂，矮瘦的身體彈射著撞向路邊的松柏林。紀洵心想不好，連忙衝了過去，誰知樹林那側竟是一眼望不見底的深淵，惡靈與碎石一同朝下墜落，消失不見。

紀洵好半天沒反應過來，愣愣地回過頭，目光中滿是難以置信的驚訝：「你剛才，是故意放它走的？」

否則他很難相信，以常亦乘的身手，居然會在關鍵時候遲緩失誤。

常亦乘望過來，眼中帶著相同的困惑：「不是。」

他說不上來那是什麼感覺。就是動手的剎那猶豫了，潛意識裡覺得不該現在就殺了這隻惡靈。

「這樣啊。」紀洵朝他笑了一下，「沒事，人難免會有走神的時候。」

常亦乘「嗯」了聲，眉頭緊鎖。紀洵怕他自責，走過去想拍拍他的肩膀安慰他，誰知手臂剛抬到一半，常亦乘看他的目光就往下一沉。

「怎麼了？」紀洵順著他的目光低頭看向自己，「……嘶。」

大意了。

他被惡靈扭斷的右臂雖然治好了，但當時被骨頭刺穿的嫁衣卻沒補好，染血的窟窿加深了嫁衣的顏色，在月光下泛起濕潤的光。

說來也怪，可能知道自己有霧氣伴身，所以受傷的時候他也沒有放在心上，但現在被常亦乘神情不悅地盯著，紀洵就止不住地開始心虛。

他轉移話題：「李辭他們呢？」

常亦乘反問他：「怎麼傷的？」

「就、扭了一下。」紀洵不敢說得太詳細。

常亦乘眉間的溝壑更深了。他遲疑片刻後，伸手輕按住紀洵的肩膀，一寸寸地沿著骨頭摩挲，像在確認他的傷勢有沒有痊癒，輕而沉的力道清晰地透過皮膚傳進了血液。

紀洵不太自在地轉過頭：「問你正事呢，李辭跟謝星顏去哪裡了？」

「後面。」

「哪個後面？」

一道清亮的女聲響起：「你身後。」

紀洵嚇得差點跳起來，也不知道自己在慌什麼，反正一把將常亦乘推開，扭頭一看，兩位靈師不知何時站在了離他們七、八公尺遠的距離外。

謝星顏雙手抱胸，靠在樹邊無言地看著他們。李辭的輪椅不見了，轉而拄著一根拐杖，很輕地笑了一聲：「不好意思，我走得慢，剛到。」

謝謝，有些時候不用刻意強調。

紀洵清清嗓子，看了因為突然被推開而一臉不爽的常亦乘一眼，決定暫時不管他，先把乾坤陣中的事轉告給眾人。最後，著重地提了一句：「我很在意那棺材的擺放形式。你們要過去看看嗎？」

「不急。」李辭撐著拐杖走了幾步，找到一塊還算乾淨的石頭坐下，然後用拐杖在地上畫出一個圖案，「你說的短柄勺子，是像這個樣子？」

紀洵湊上前去：「差不多……等等。」

他意識到什麼，撿起一顆小石子，在短柄末端再添了一筆：「再加一個棺材，就是北斗七星的形狀。」

常亦乘站在他身邊，垂眼看了看，給出答案：「七棺陣。」

見紀洵面露茫然，李辭緩聲開口，為他解釋何為七棺陣。

古時傳言，人的本命七穴，是為七星長明燈，缺一不可，倘若一處損壞，則長明燈滅，身死道消。而七棺陣則是模仿北斗七星的式樣，以七條人命封棺點燈，成功之後就能復活一個人。

「這也太變態了吧。」謝星顏也是第一次聽說這件事，不禁難掩震驚，「惡靈抓了這麼多新娘過來，是想復活誰？」

剎那間，紀洵恍然大悟。

「嶺莊的鬼新娘。」他將殘缺的紅紙婚書遞出來，「那個身形巨大的女人，或許是他的妻子。」

深淵霧重，吉凶難測。

謝星顏派雀鷹往下飛了一圈，也看不到確切的影像，只能悻悻返回。見她召回雀鷹後，遺憾地搖了搖頭，紀洵還不死心，放出霧氣再探，也只能在鄰近崖邊的山壁搜尋到一點殘留的陰邪靈氣，再往下就沒有了。

不是沒有靈氣那麼簡單，而是紀洵直覺深淵下不是普通得空寂。沒有茂盛的植被，也沒有飛鳥蟲鳴，尋找不出任何生命的跡象。

而通常情況下，空白的未知遠比魑魅魍魎橫行的地界更危險。幾人經過商量，都認為不能冒然下去，就只能先處理手邊的事。

紀洵沒忘記墓地裡還有兩個人在等著。四位靈師兵分兩路，他和常亦乘去墓地把羅小姐他們帶回嶺莊，謝星顏與李辭則再去義莊一探究竟。

路上他確認了一下時間，凌晨五點多。天色將亮未亮，被白霧裹著的山林能見度很低，但對於剛從乾坤陣裡出來的紀洵而言，這已經稱得上一聲光線明亮了。

他借著久違的天光低頭看去，難怪常亦乘剛找到他的時候，一副以為他受了重傷的沉重表情。他昨晚在山林間又是挖墳，又是走夜路，還不小心摔過幾次跤，衣襬上滿是泥塵雜草，還有被路邊枝椏掛破布料的痕跡，活像被惡靈按在地上痛揍了八百回合。

「看來有必要澄清一下。」紀洵撥開垂落的柏樹枝，「我只跟惡靈打了一架，其餘大半是跌倒跌出來的。」

常亦乘頓了一會兒，才問：「跌倒？」

提到跌倒，紀洵就鬱悶地指向衣襬：「之前經驗不足，沒把它紮起來。唉，是你沒看見，逃命逃到一半開始連滾帶爬，旁邊的羅小姐都嚇到了。」

常亦乘想像了一下那個畫面，用手背擋了擋嘴角，轉過頭去。

紀洵：「……你是不是在偷笑？」

「沒有。」

紀洵抬眼掃過去時，常亦乘嘴角還微揚著。他眼形輪廓像把淬鍊過的刀，看人時總帶著幾分侵略性很強的壓迫感。此時林間霧氣柔和了他的眼尾，讓他的眼神比平時略顯放鬆。

紀洵誠懇地評價：「其實你笑起來更好看。」

常亦乘看他一眼，斂了笑意。

「哎，過分了啊。」紀洵拿他沒辦法，自己反而無奈地彎了彎眼角，「多讓我看幾眼是會怎樣，小氣。」

通往墓地的拐彎近在眼前，紀洵不再閒聊，加快腳步往前走去。

常亦乘不急不徐地落在後頭，眼皮半闔，收攏了眸中的微光。

從前住在雪山時，別人談到他，不是說他古怪，就是說他凶虐。

偶爾他心情不錯，唇邊才剛勾起很淡的弧度，師兄姐們就會警惕地盯著他，彷彿遇到了嗜血的惡靈即將大開殺戒。

只有紀相言喜好奇特，每當看見或聽見他笑了，就會輕聲問：『怎麼這麼高興，說來聽聽。』

可能是做功課時贏了哪個討厭的師兄，也可能是看見雪地裡留下的松鼠腳印。無論是多麼瑣碎的小事，紀相言聽完都會讚許地點頭，稱讚一句：『多好。』

常亦乘從前不懂好在哪裡，只覺得紀相言是希望自己多笑，就越發習慣記住高興的事，等紀相言從外面回來後，獨自跑去對方的居所講給他聽。

久而久之，他懂那句「多好」的意思了。死裡逃生又有怪症纏身的陰鬱小孩，被救回來後，終於學會了人間該有的喜怒哀樂。這對紀相言來說，就是一件很好的事情。

可惜後來再長大一些，常亦乘懂得也更多了。

那個人心裡裝的是河清海晏，而自己不過是機緣巧合下得以靠近的滄海一粟，既留不住他下山離開的背影，也占不住他心中所有的位置。

林間傳來的說話聲打斷了常亦乘的思緒，他苦笑一聲，跟了過去。

墓地裡的兩人平安無恙。羅小姐和田學偉被霧氣保護的同時，也等於接受了治療，這時出了乾坤陣沒有半點不適，感覺再走五公里都不成問題。就是不知為何，兩人的眼神都有些微妙。

紀洵只當他們是嚇壞了，也沒在意，收回霧氣之餘指向常亦乘：「這是我朋友，也是來救你們的。」

田學偉見到陌生人，警惕地沒有說話。羅小姐則友好地表示：「謝謝你們。」

常亦乘不想冒領紀洵的功勞，不置可否地錯開視線。

羅小姐目光重新投向紀洵：「原來你是男的啊，不好意思，我一路叫了你那麼多聲姐妹。」

「……？」

紀洵一愣，這才意識到已經過了一整天，李辭的靈器失效了，他在其他人眼裡總算恢復了真實的性別。

羅小姐欲言又止：「我能不能問一句。」

紀洵：「嗯？」

「你扮成女孩子扮得那麼像，」羅小姐問，「是平時就有這方面的愛好嗎？」

紀洵像被雷劈了似地當場愣住，好半天都沒回過神來。羅小姐連忙解釋，說自己沒有惡意，只是她的工作就是做化妝品研發，看紀洵明明是一個長得很帥的年輕男人，化完妝居然既漂亮又不違和，就想打聽他平時都用哪些產品修飾臉部線條。

紀洵聽不下去了，打斷她：「走不走，再晚一點，鬼可能就又要來了。」

羅小姐頓時止住了想要研發調整產品的念頭，聽話地點點頭。

往回走的路上，紀洵心情複雜，忍不住小聲地向常亦乘問道：「效果有那麼真實？」

「不知道。」常亦乘回道，「我沒看見。」

也是，靈器只有在面對陌生人時才會發揮作用，認識紀洵的人見到他，還是能看出他就是個男人。他剛要說點別的，常亦乘的目光就掃了過來，似乎到了這時才有閒心欣賞他的新娘裝扮，低聲冒出一句：「反正很好看。」

「……」

紀洵心累，發誓今後絕不使用李辭的靈器。

◎

回到嶺莊，特案組重新為他們安排了一套乾淨的獨院休息。

身心俱疲的紀洵第一時間換掉嫁衣，在房間裡休息了一會兒，出來後看見門廊邊坐著一個人。常亦乘大概整晚沒睡，這時長腿伸展開來，懷裡抱著無量，額髮略蓋過眉眼，沉沉睡去。

霧還沒散。

白霧裊娜地環繞過古鎮，一隻野貓躍上牆頭，翻過屋簷，眨眼又消失在霧中。白霧幾乎與院牆融為一體，像終年不化的雪鋪在常亦乘身後，而他是天地間最扎眼的一筆濃墨。

紀洵覺得這幕有點眼熟。

好像曾有許多次，清晨他一打開房門，就看見有人守在外面等他。又或是他往前走了很遠，回過頭，只見皚皚白雪覆蓋的山間，黑色的身影還停在原地不肯離去。

大概又是別人的記憶吧，紀洵沒有深究。

他在望鳴鎮的酒店吃過虧，不敢隨便靠近沉睡的男人，便停在原地，抬手叩響木門。

常亦乘悠悠轉醒。紀洵順手從桌上拿了兩瓶礦泉水，也坐到門廊邊，遞過去一瓶問：「怎麼不回房間睡？」

「習慣了。」常亦乘下意識答道。

紀洵看著他。常亦乘反應過來後，清清嗓子，擰開瓶蓋轉移話題：「特案組在找那兩人問話。」

「嗯，讓他們去忙吧。」紀洵喝了口水，「李辭和謝星顏還沒回來？」

話音未落，外面就響起了開門聲。

是謝星顏把門推開的。她年紀小，熬了整晚也神采奕奕，看見他們倆，就隔著院子揮了揮手打招呼，再轉身幫李辭把輪椅推進來。李辭的臉色比白紙還難看，紀洵連忙過去使用霧氣幫助他恢復，謝星顏則負責講述他們調查的結果。

義莊裡確實擺了個快成形的七棺陣。

棺材很新，應該是剛做好就搬來了義莊。值得注意的是，除了拖動造成的劃痕外，棺木做得很精緻，不像出自於畸形的惡靈之手。兩人當時就懷疑，會不會有其他人幫忙做棺材。

「然後我們就想到你說過的送親隊伍。」謝星顏看向紀洵，「棺材裡正好還有兩個紙新娘，他就多看了一會兒。」

「他」指的自然是李辭。李辭記得有一種靈叫青煙鬼，數量稀少，靠吸食紙錢燃燒時冒出的青煙為生，常年寄居於墓地周圍。青煙鬼說不上是善是惡，只是愛惡作劇、恐嚇別人。恐嚇的手法也很簡單，就是用紙錢將死人糊成紙人，控制紙人出去作亂。

這種紙人殺傷力不大，所以古時候有些心術不正的靈師會利用青煙鬼，為自己做些紙人當作奴僕使喚。

紀洵皺眉：「你們說青煙鬼喜歡惡作劇，但這次的惡靈想布七棺陣，代表它需要殺死七個新娘。這麼惡毒的手段，難道是青煙鬼學壞了？」

何況送親的隊伍少說有十幾個紙人。要是青煙鬼把墓地裡的屍體帶走了，田學偉挖了那麼多墳墓，怎麼也該有所察覺。

謝星顏搖頭：「關鍵就在於，青煙鬼早就該滅絕了才對。」

「靈還會滅絕？」

意料之外的轉折讓紀洵愣住了，他本能地看向常亦乘，想從對方口中聽到更直接的判斷。但不知為何，常亦乘的神色居然有些凝重，握住刀柄的指骨也泛起了白。

李辭恢復了些精力，接過話題：「從前戰亂時期，屍橫遍野。青煙鬼肆意搗亂，引發了民怨。有位靈師花了三年時間，四處搜尋它們的蹤跡，找到一隻便殺一隻。」

「誰？」紀洵好奇地問。

李辭：「紀卓風。」

聽到這個名字，紀洵心臟猛地往下一沉。

指使韓恆殺人奪靈的紀家老祖宗，這件事……跟他有關？

紀洵揣測著李辭這番話的用意，懷疑他在暗指紀卓風並沒有真的殺掉青煙鬼，而是將它們搜羅起來為自己所用。

謝星顏發現氣氛陡然冷了下去。她不明所以，誤以為大家是想起了望鳴山發生的事，心情沉痛，想了想便開口，「雖然我也很想找到紀卓風，給姑姑一個交待，但光憑青煙鬼就斷定是他出手，會不會太草率了？」

青煙鬼神出鬼沒，誰能保證紀卓風一定能把它們殺光？

就算他真的有那麼大的能耐，滅了青煙鬼一脈，可靈跟人不同，不需要男女結合才能繁衍，有時候機緣到了就能生出神智。千百年來出現了新的青煙鬼，也不是沒有可能。

紀洵和謝星顏還在忙著分析的時候，常亦乘冰冷的視線已經對上了李辭探究的目光。

「你想問什麼，直接點。」常亦乘低聲說。

李辭點頭：「紀洵，那隻惡靈是怎麼逃脫的，你還記得嗎？」

猝不及防被提問的紀洵愣了愣。他當然記得，最後關頭常亦乘恍神了剎那，才給了惡靈自斷手臂的機會。

可是……

「你懷疑他故意放走惡靈？」紀洵神色裡染上了一層驚訝，語氣卻是很篤定的維護，「不可能。」

他看得很清楚，除了失誤的那一下，常亦乘出手全是殺招，沒有半分手下留情的意思。

「是嗎。」

李辭笑了笑，索性揚起頭望向常亦乘，開門見山地問：「那隻惡靈，是不是紀卓風？」

本就霧氣重重的古鎮，隨著李辭的話音落下，頓時顯得更加詭譎幾分。

紀洵和謝星顏不約而同地愣住，兩人面面相覷，都覺得李辭這次武斷了一些。憑幾個紙人聯想到青煙鬼還算正常，但直接跳躍到那隻惡靈是紀卓風……會不會太草木皆兵了？

紀洵連忙從口袋裡摸出婚書重新確認，可惜新郎新娘的名字沒在這小半張紅紙上，他判斷不了新郎的身分。常亦乘也在此時開口：「不是。」

謝星顏瞪大眼睛：「你見過紀卓風嗎？」

豈只見過。

常亦乘握緊刀柄，他太熟悉紀卓風了，但無論惡靈的模樣還是招式走向，都跟真正的紀卓風完全不同。不過這些話，沒必要告訴無關的人。

李辭微眯起眼，再次發現，常亦乘聽到紀卓風三個字時，眼神中會流露出一絲厭憎。

和他們在望鳴鎮對談時一樣，那時他告訴常亦乘，殺人奪靈的禍端或許是由紀卓風而起，常亦乘看起來一點也不意外，顯然知道這個人的存在，而且也不加掩飾地露出了對紀卓風的厭惡。他們果然認識，而且多半有仇。

李辭咬緊蒼白的嘴唇，心中疑惑仍然沒能解開。他之所以那麼問，全是因為他知道常亦乘是靈，而且是極其擅長戰鬥的靈。一般人偶爾也許會走神失誤，但身經百戰的靈卻很難如此。原以為是仇人相見的怒火讓常亦乘意外失手，眼下看來卻並非如此。

當真是自己多慮了？

李辭沉思片刻，向常亦乘道歉：「不好意思，職責所在，有些時候不得不多問一句。」

常亦乘不置可否地「嗯」了聲。李辭正想再說什麼，門廊另一邊就響起了腳步聲。

特案組成員趕過來：「那兩人已經詢問完了，如果沒有其他問題的話，我就先送他們出去了？」

幾人都沒有反對，羅小姐和田學偉已經把能交待的都交待了，他們本身也是惡靈作祟的受害人，再把人留在這裡也沒用。

「稍等，我有話想跟羅小姐說。」紀洵忽然出聲。大家齊齊轉頭望向他，紀洵尷尬地抿了下唇：「就是……我扮女裝的事，要提醒她別告訴其他人。」

否則讓羅老師知道了，他恐怕需要連夜搬出世紀家園。

李辭：「不必那麼麻煩，讓他們全忘了吧。」

李辭拜託特案組成員把兩人帶來院子。等待的時候，他拿出紙筆，各在兩張紙上寫下一段符文，等兩人到後，分別把紙遞了過去。

「麻煩收下這個。」他說。

羅小姐與田學偉對視一眼，兩人都摸不著頭腦，羅小姐還算態度友好地接了過去，田學偉則狐疑地瞪著他們不肯接。

李辭解釋說：「你們撞鬼後，身上陰氣難消，容易生病，帶上我送的符紙可保百病不侵。」

紀洵：「……」

有一說一，雖然李辭一副病怏怏的樣子，很難讓人相信百病不侵的鬼話，可他淡然脫俗的氣質又別有一番神棍的風采，反而讓他的鬼話變得可信了起來。

「謝謝你們了。」羅小姐果然信以為真，還幫忙勸說田學偉，「老爺爺，您就拿著吧，求個心安也好。」

田學偉半信半疑地接過符紙。就在這時，李辭輕輕拍了下手。

只見兩道白光瞬間從符紙中閃出，羅小姐與田學偉同時愣了片刻。

再回過神來，他們迷茫地左顧右盼，似乎想不起自己是怎麼來到這裡的，隨後李辭有意引導了幾句，兩人便堅定地相信，是員警把他們從綁匪手中救出了山林。

相比羅小姐，田學偉忘記的細節更多。他只記得自己大半年前回了嶺莊，卻不記得自己想找巨大新娘復仇的執念，也不記得上山挖墳的任務。

望著兩人漸行漸遠的背影，紀洵輕聲問：「你用靈器篡改了他們的記憶？」

李辭點頭：「觀山的規矩，人救出來後必須讓他們忘記惡靈。有些痛苦的遭遇，記得也是累贅，倒不如全忘了，還能乾乾淨淨地走完這輩子。」

紀洵很淡地笑了一下。莫名地有些羨慕他們倆。

◎

跟另外兩位新娘家屬交待實情的事，自然也由特案組負責。靈師這邊則決定各自休整幾小時，等中午再到客廳集合，商量怎麼解決惡靈以及找到紀景揚。

根據李辭判斷，紀景揚和隨行靈師多半躲進了乾坤陣，那裡面既安全又隱蔽，的確是最佳的藏身之所。可問題在於現在羅小姐已經脫掉嫁衣，離開嶺莊，紀景揚也沒必要再藏她的鞋子了。

紀洵早上休息過了，現在還不累，回房間後就傳了則訊息給紀景揚，可惜都是石沉大海，遲遲沒能得到回覆。他有些無言地盯著手機螢幕，心想紀景揚還真沉得住氣，這麼久都不出乾坤陣來看一眼。

這個念頭剛在心中升起，紀洵就隱約覺得哪裡不對。連他都能從惡靈手裡搶到婚書，說明那惡靈其實也不是很能打，紀景揚他們兩個人加在一起，有必要躲得這麼認真？

他正惴惴不安的時候，附近突然傳來了吵鬧的聲響。

紀洵推開窗，見隔壁的謝星顏也在探頭往外望，便問：「什麼情況，嶺莊不是應該只有我們幾個人在嗎？」

明明特案組成員離開前，說了會把惡靈作祟解釋成流竄的綁匪，還會通知嶺莊所有居民，說綁匪很可能會在附近出沒，叫他們千萬不要提前回來。難道有人不守規矩，擅自回了嶺莊？

「不應該呀。」謝星顏放出雀鷹飛往高處，忽地提高音量，「田學偉家有人！」

紀洵一愣，來不及多想就轉身開門。其他人也聽見了動靜，出來後不用商議，就一起往田學偉家趕去。

到了之後，四人都有點疑惑。只見田學偉家院門大開，供奉的案几擺在院子中央，幾支高香燃起嫋嫋青煙，而一個滿臉塗滿油彩的女人，正在院內念念有詞地跳大神[3]。

對，特別裝神弄鬼的那種跳大神。

紀洵傻眼了，腦子裡冒出一連串的問號。

她是誰？她從哪裡來的？她在幹什麼？

女人閉著眼在院子裡亂竄，還沒發現他們到了，用手沾著碗裡的狗血到處潑灑。

向來淡定的李辭也有點崩潰，幸好特案組及時發來消息，為他們撥開了迷霧。

3　跳大神：一種祈福保平安的儀式。民間遇有凶災，舉行禳祈、齋醮的法會，請道士、乩童等，藉言鬼神附身，起舞念咒，以祛邪避凶，消災解厄。

簡單來說，就是不幸身亡的兩位新娘的家屬在聽特案組說明情況時，無意中撞見了田學偉。他們接受不了孩子早已離逝的事實，又見田學偉居然回了嶺莊，越發認定當年肯定是他觸怒了鬼神。要不然怎麼他一回來，鎮子裡就又有新娘出事？

多虧特案組跟派出所民警在旁邊勸阻，眾人才沒當場打起來，但即便如此，他們也不願意善罷甘休。

他們要驅邪。

『他們還想往田學偉身上潑狗血呢。請來的神婆年紀一大把了，我們也不好拉扯得太厲害，總之就是一團亂。』

李辭退到牆邊：『田學偉家的院子裡也有個神婆。』

『啊？你們能幫忙把她抓住送出來嗎，這邊實在抽不出人手了。』

李辭把訊息展示給眾人看：「怎麼辦？」

幾人無言片刻，最後還是謝星顏先吐槽道：「這都什麼鬼啊，誰敢抓她啊？」

院子裡的神婆雖然看不清楚臉，但從頭髮顏色與走路姿勢判斷，應該年紀也不小了，冒然拉扯恐怕會摔出個三長兩短，到時反而更加麻煩。

紀洵問李辭：「你有沒有什麼靈器，能讓她放棄工作現在就回去的？」

李辭無奈搖頭：「我這裡又不是百寶箱。」

「那不然……」謝星顏正準備主動請纓，院子裡就猛地傳來「哈！」地一聲怒喝。

幾人默默望過去，看見神婆不知何時睜開了眼，突然將手裡的碗一摔，拿起案几上的桃木劍朝他們一陣亂舞，聽不清嘴裡在叨念些什麼，只能依稀聽見幾個「妖魔鬼怪」之類的詞彙，總之就是很沒有禮貌。

紀洵看不下去了：「阿姨，停一下好嗎？」

神婆不為所動，張大眼睛怒瞪著他，桃木劍揮舞得更起勁了。

常亦乘皺了下眉，有種忍耐到了極限、很想動手的感覺。

紀洵一驚，連忙擋在他身前，唯恐常亦乘當場暴打無辜民眾，緊接著又靈機一動：「我家長輩派我們來通知妳，說妳就是個騙子，他們要找其他人來驅邪，妳收拾收拾趕緊回去吧。」

匡噹——

神婆手裡的桃木劍應聲落地。

謝星顏都看傻了，真是一個敢編一個敢信。

神婆一把扯下腦袋上紮著的羽毛，怒氣沖沖地走過來：「哪來的小孩子，滿口胡說八道。你家大人呢，叫他們出來見我。」

離得近了，眾人才看清神婆約莫五、六十歲的年紀，叫紀洵聲「小孩子」倒不為過。

紀洵繼續胡謅：「他們出門去請別的神婆了。人家有忌諱，不接別人接過的活，妳還是快點跟我們走，晚點被人撞見就不好了。」

這位神婆大概對自己的業務能力格外有信心。她仰頭盯著紀洵，冷笑一聲：「方圓百里，誰能比我柳姑的名氣更大？」

紀洵：「多的是了。」

「……」柳姑哽了一下，「沒見識的小孩子，那好，今天我就讓你們開開眼界。」

四人眼中一片荒蕪。身為靈師，他們的確想不到，世界上還有什麼能讓他們開眼的。

然而接下來，幾人的呼吸都同時放慢了半拍。

柳姑取下髮髻上的一根金簪，隨著花白的長髮披散垂落，她口中嘰里咕嚕地念出一長串咒語，緊接著嗓音尖利地大叫道：「召來——！」

燃燒的高香驟然崩裂。還未散去的青煙在空中隨風扭曲，眨眼的工夫便化出了幾隻青面獠牙的半透明影子。

影子像民畫[4]上的小鬼，獰笑著搖首晃腦，一派得意洋洋的模樣。

李辭喃喃出聲：「是青煙鬼……」

4 民畫：是朝鮮時代晚期流行的一種繪畫，描述市井小民的日常生活、願望信仰及倫理教化的內容。

NOT A HUMAN

私はたぶん人ではない

第六章 鬼新娘

私はたぶん人ではない

NOT A HUMAN

紀洵一行人臉色大變。

柳姑只當他們為自己的技藝驚豔不已，還在沾沾自喜：「見識到了吧，幾個毛頭小子……」話還沒說完，兩個毛頭小子就衝了上去。紀洵默默推著李辭的輪椅往後退了幾步，不想被戰況波及。他遠遠觀戰，覺得常亦乘和謝星顏同時出手，簡直是一種莫大的資源浪費，導致眼前的畫面不能說勢均力敵，只能說是單方面秒殺。

不到半分鐘，戰鬥結束了。青煙鬼被悉數斬滅，柳姑被謝星顏按倒在地，狼狽大喊：「你們怎麼打人啊！弄壞我的東西是要賠錢的，知不知道！」

「還想要錢？」謝星顏氣不打一處來，乾脆地回道，「老實交待，妳到底是誰？」

柳姑大為震驚：「妳不認識我，我這麼多年白幹了？」

紀洵挑了下眉，懷疑雙方恐怕存在著嚴重的資訊差異，便朝李辭打了個眼色。

李辭心領神會地湊近了些，拍下柳姑的照片發給特案組，打聽她的來歷。

幾分鐘後，特案組成員抽空回了電話：『這人我認識，全名叫什麼不清楚，反正大家都叫她柳姑。她家祖上就靠幫人看風水為生，傳到她這一輩，在嶺莊周邊也算是個名人。』

李辭：「她身邊帶著靈，你知道嗎？」

『啊？這可沒聽說過。』手機那頭的人驚訝萬分，『確定沒弄錯？她是小地方常見的那種普通神婆，不至於跟靈扯上關係吧？』

李辭道過謝，掛了電話，示意謝星顏把人放開。

柳姑一骨碌地爬起來，心疼地環視過滿地狼藉的院子，拍著大腿哀嚎幾聲就想罵人。沒等她罵出完整的句子，常亦乘狀似隨意地用袖口擦了下刀刃，柳姑嚇得一抖，老老實實地把髒話咽了回去。

紀洵彎腰撿起落在地上的金簪。金簪拿在手裡沉甸甸的，樣式也做得很精細，簪尾處用純金做成一隻富麗的鳳凰，鳳凰下方則用紅色寶石串珠，鑲嵌在黃燦燦的吊墜上，像新娘子頭上會戴的裝飾品。

他把金簪遞給李辭，李辭只需掃過一眼便知：「是靈器。」

紀洵打量起柳姑的衣著。出於職業需求，她打扮得很花裡胡哨，但無論是起了球的外套，還是臉上的劣質油彩，都表明她不是個家境寬裕的人。

「這是妳的簪子嗎？」紀洵問。

柳姑囁嚅著小聲說：「是啊。」

紀洵騙她：「妳不說實話，我們就要報警了。」說著就裝模作樣地拿出手機。

「哎哎哎，報什麼警啊！」柳姑急了，要不是旁邊那個高大的黑衣男人在，她真想撲過去把手機搶過來，「小孩子怎麼不講道理啊，我撿來的東西也是我的嘛。」

謝星顏感到無言：「三歲小孩都知道撿到東西要物歸原主，妳這麼大把年紀了，難道不懂？」

柳姑翻了個白眼：「人早就死了，我是要還給誰。」

四人沉默幾秒，目光齊齊地望向她。看到這支金簪樣式的靈器時，其實大家腦海中都想到同一個人，或者說，同一個靈。

幾十年前嶺莊出現的鬼新娘。

這時柳姑斬釘截鐵地說出金簪的主人已死，更讓答案呼之欲出。

柳姑被他們看得緊張，咽了口唾沫，問：「我要是真的講了，能把簪子還給我嗎？」

「這東西妳拿去，只會害了妳。」李辭說，「但我可以給妳一筆錢。」

柳姑：「多少？」

李辭說了個數字，柳姑在心裡估量了一番，認為這筆買賣很划算。反正那幾個小鬼她召出來也不會用，頂多拿來唬人而已，有冤大頭願意出錢買去也行。

「我要現金。」柳姑見李辭點頭，臉上揚起貪婪的笑容，態度也一百八十度大轉變，主動從屋裡搬出幾把椅子，還用袖子把椅子上的灰塵都擦了擦，「來，故事長得很呢，站著多累啊，都坐下吧。」

等大家入座了，柳姑清清嗓子：「那我就講了啊，你們仔細聽好。」

柳姑不住嶺莊，她家在周圍山上的一個村落裡。

嶺莊發生鬼新娘那個事件的時候，她還很年輕，還不能繼承家業，所以那時候被請下山驅邪的是她母親。

她們家確實會看點風水，可也就僅此而已。到了有真鬼出沒的時候，她母親就想不出解決的辦法了，每回下山只能裝模作樣地做做法事，再到每家每戶賣賣驅邪的符紙，反正要是還會鬧鬼，就賴在鎮上的人心不誠、不能平息鬼新娘的怒氣上，再下山收割一波韭菜，如此反覆好幾回，倒是賺了不少錢。

因此柳姑雖然沒親自參與這件事，卻也從她母親口中知道了許多細節。

那時候她家還有位久病臥床的外婆，外婆從前也是做這行的，後來年紀大了，人也糊塗了，就把衣缽傳給柳姑的母親，自己則成天悶在屋裡數屋梁的瓦片度日。

柳姑覺得鬼新娘的故事有趣，有天去幫外婆送飯時，就把這件事講了一遍。

誰知外婆聽完，居然迴光返照似的，一下子坐了起來，用力拍打著床板說：『管不得，這事管不得呀！快叫妳媽回來！』

那天柳姑她媽正好剛下山不久，聽到外婆這麼一說，柳姑也擔心這件事不單純，趕緊出門把母親叫了回來。

母女兩人坐在床邊，聽老太太講了一樁許多年前的往事。

聽到這裡時，紀洵心想，難怪柳姑要他們坐下來聽，原來故事裡還藏著故事，像個俄羅斯娃娃一般。

柳姑她外婆講的故事要追溯到千年以前。

外婆說，柳家有條祖訓，是從老祖宗時傳下來的規矩。

不看新娘墳，不葬新娘棺。

凡是跟嶺莊新娘沾上邊的事，她們家的人都千萬別管。

柳姑當時不解地問：『為什麼不能管？』

『妳當嶺莊的人，是祖祖輩輩都住在這兒嗎？』外婆搖頭，『他們是打仗的時候，從外面逃難遷過來的。』

『那嶺莊以前的人都去哪裡了？』

『死了，全都死了。』

一千多年以前，嶺莊還不是商業重鎮，而是座山腳下的普通城鎮。

鎮上有個教書的老師，成親後不到兩年，妻子就替他生下一個很秀氣的小男孩。

小男孩從小就特別聰明，可惜命不好，十來歲時父母就相繼因病去世。他在家為父母守孝三年，日子一過，就收拾東西赴京趕考去了。

大家都以為，他多半不會回來了。沒想到幾年後，他不僅回了嶺莊，還帶了一個女人回來。據說那女人眉眼長得極其漂亮，但生得異常高大，走在路邊不小心就會撞到別人家的屋簷。

長大成人的書生介紹說，那是他趕考途中認識的女子，兩人兩情相悅想拜堂成親，可他們倆都無父無母，只好回來找族中長輩幫忙操辦。

族人們雖然覺得古怪，但顧念著都是沾親帶故的關係，就幫忙張羅了起來。

說來也怪，那女人儘管沉默寡言，卻十分有錢，她手裡隨便幾顆晶瑩透亮的珠子，拿出去就能換到不少銀子。也正因如此，成親當日，從嶺莊鎮口到書生家鋪上了十里紅妝，張燈結綵的喜慶氣氛，不知讓多少待嫁閨中的女孩羨慕壞了。

本來到這裡，本該是個歡喜圓滿的大結局。

誰知就在那天傍晚，司儀喊出「夫妻對拜」的那一刻，出事了。

新娘突然掀開蓋頭，瘋了一般、頭也不回地衝出屋子。她個子本就高大，跑得飛快，書生連忙去追也根本追不上，只能眼睜睜地看著她消失在茫茫夜色之中。

從那以後，書生就像丟了魂似的，食不下嚥，夜不能寐。

過了一個多月，門上貼的「囍」字都蒙上灰了，他在某天清晨離開了家。

別人問他去哪，他說要去把妻子找回來，這一走又是半年。

某天深夜，書生拖著一口巨大的棺材回來了。

他身形清瘦，大家都不知道他到底是怎麼把那麼大的棺材帶回嶺莊的，但書生對別人的詢問一概不理，只找到族長家裡，跪下來求他們，說想讓妻子入土為安。

族長不答應，說他們倆堂都沒拜完，不能算是明媒正娶，更不能讓她葬入祖墳。

書生在族長家跪了三天三夜，族長都不肯點頭。後來書生沒辦法，找了義莊的人來幫忙，把棺材單獨葬進了深山裡。

即便這樣，他也沒有消停，時常上山拜祭那沒過門的新娘。有時來不及回嶺莊，就在途中的義莊休息一晚。

日子一長，鎮上的人都說他中邪了。還有人說，那新娘說不定是外面來的妖精，勾了他的魂，死了也不肯放過他，說不定哪天半夜就要從棺材裡爬出來，害了整個鎮子的人。

事情越傳越離奇，最後眾人在祠堂裡商議過後，決定上山開棺燒屍。

書生收到消息趕來的時候，棺材上的鎮釘都被拔下來了，族人是鐵了心要代他剷除妖孽，不顧他苦苦哀求。有個膽子大的上前開棺，往裡面一瞧，嚇得一屁股坐到了地上。

說到這裡，柳姑望向眾人：「你們聽說過棺材子嗎？」

「那是什麼？」紀洵疑惑地問。

柳姑：「女人死前就懷上了孩子，屍體都放進棺材裡了，孩子還能靠著母親的養分活下來。這樣生下來的，就叫棺材子。」

聽起來是很玄虛的說法，但紀洵想了想，屍體分解過程中會產生大量的氣體，陰差陽錯推動了子宮，促使胎兒排出母體。只要運氣夠好，死人確實有生下孩子的可能性。

他抬起眼，問：「開棺的人，在棺材裡看見了嬰兒？」

柳姑點了下頭。

棺材裡的新娘還穿著成親那日的衣服，而那嬰兒像才剛被生下來，皺巴醜陋，不哭不鬧卻又在動。族人一看，更加認定這是不吉的象徵，嚷嚷著要摔死嬰兒，燒掉他母親的屍體，再把書生逐出嶺莊。

再文弱的人，骨子裡也有幾分血性，更何況是被逼到絕境的書生。他衝破族人的阻攔想救回妻兒，無奈勢單力薄，好不容易扒到棺材邊緣了，又被人拖了回去。

眼看嬰兒被摔打在地，他崩潰地大喊大叫，形似瘋癲。

見場面亂得不可收拾，族長說書生早就被妖怪附身，這次回來就是要害死整個嶺莊的人，於是一聲令下，讓人把書生亂棍打死。

昔年山間小屋內，柳姑的外婆忍不住感慨：『全身的骨頭都被打斷了啊，濺起的血噴到棺材上，把棺材裡裡外外都染紅了。』

柳姑手臂的雞皮疙瘩都起來了：『然後呢？』

『然後，死掉的新娘醒了。』

這一點，外婆沒有說清。或許她聽來的故事本身就資訊不全，不知是新娘沒死透，還是她果真是個不死的妖怪。反正她從棺材裡坐起來，殺光了在場的所有人。

接著她又下山到嶺莊，大笑著把其他無辜的人也一個個抓出來，活活摔死在地上。

屠完鎮子，她垂著沾滿鮮血的雙手走回深山巨人的棺材邊，跪在書生血肉模糊的屍體邊放聲痛哭。哭完後，新娘小心翼翼地抱起碎得不成人樣的書生，躺回棺材，並且親自從裡面動手，把棺蓋合攏了。生不同衾，死同穴。

「……不對呀。」

謝星顏忽然打斷了柳姑的講述，她撐著下巴說：「既然新娘把人都殺光了，妳外婆的故事又是從哪裡聽來的？」

柳姑瞪她一眼：「小女孩急什麼急。妳好好想想，我不是說了嗎，他們要上山開棺，是有人通知了書生趕去的。」

紀洵一愣：「義莊的人？」

「就你還算聰明。」柳姑揚起下巴，「我家祖上就是做棺材的，他們看那書生是個可憐的深情人，不忍心見他妻子的棺材被毀，就跑去告訴他了。」

不過說到底，柳家老祖宗也只是同情書生。他們既不敢當著眾人的面救下他一命，更不敢在新娘大肆屠殺時出來阻攔。只能躲在林子裡目睹完所有的事，又等了幾天，見棺材裡再無響動，就抱著同樣的憐憫之心，在附近找了片地，把嶺莊的人全埋了。幸好那時候天氣冷，屍體爛得慢，否則等他們弄完一百多座墳，山上還不知會臭成什麼樣子。

紀洵揉揉太陽穴，總算明白了。難怪他在乾坤陣內沒發現鬼新娘的棺材，敢情他跟田學偉分別忙了那麼久，挖的不過是嶺莊那些人的墳墓。

不過至此，柳姑的祖先們也不想久居此地了。他們搬離義莊，找了個僻靜的村落，從此再也不碰棺材的生意。

一千年前的故事講完了，接下來，就輪到柳姑和金簪的故事。

相比書生與新娘的淒慘，她的故事簡單很多。

「外婆跟我們說完那些話後，我感到很好奇啊。哎呀，說白了，我這人就是貪財。」柳姑豪爽一笑，接著說，「既然都說那新娘有錢，那她成親時戴的首飾，肯定是價值連城吧。」

柳姑膽子是真的大，運氣也是真的好。她花了兩年時間，幾乎把周圍的山找遍了，還真的讓她找到了那口棺材。

不過棺材裡沒有新娘，也沒有書生。她想到出現在嶺莊的鬼新娘，心想完了，肯定是夫妻倆詐屍，跑出去又想復仇，不知道什麼時候會回來，就不敢在那裡多留。

臨走前，她鼓起勇氣鑽進棺材搜尋一番，就撿到了這根金簪。

起初她還不敢亂碰金簪，後來聽說鬼新娘被人想辦法鎮住了，嶺莊確實也沒再鬧過鬼，就漸漸放下心來。直到她外婆和母親去世，柳姑做起神婆，就開始用簪子為自己撐場面了。

「不過這簪子沒什麼用。」柳姑說，「我也是無意中發現的，有青煙的時候把它拿在手裡揮一揮，就能召出那幾個小鬼。」

李辭看著她：「妳沒用簪子做過別的事情？」

柳姑：「聊了這麼半天，我也看出來了，你們幾個小孩子身分不一般，那我是什麼水準，你們應該也很清楚。就我的水準，能成些什麼事啊？」

沉默許久的常亦乘緩聲開口：「她不會控制青煙鬼。」

謝星顏也附和地點點頭。剛才交手的時候，柳姑除了吱哇亂叫以外，就沒有使出其他有用的招式，可見她確實不了解青煙鬼的真正用處。

紀洵深吸一口氣。如果鬼新娘和書生是兩隻惡靈，那紀景揚知道這條線索嗎？倘若他以為嶺莊只有一個惡靈，會不會不小心在中途就被另外一個抓走了？

還是說鬼新娘的確已經死透了，現在存活於世的那個殘破惡靈，就是被打斷了骨頭的書生，所以他才不辭辛苦地做七棺陣，以復活妻子？

他越想越不安，問：「妳還記得棺材在哪裡嗎？」

「記得記得。有紙嗎，我畫一張地圖給你們。」柳姑把故事講完，人也輕鬆了許多，「就當是買一送一的服務，這個不收你們的錢。」

李辭遞了紙筆過去，約莫半小時後，柳姑的手繪地圖就完成了。

紀洵在乾坤陣裡待得最久，對山上的地勢最為熟悉。他拿過來一看，發現圖上標註棺材位置的地點，與書生掉下去的深淵之間有一條小路連接。

他指著深淵，問：「妳去過這裡嗎？」

柳姑湊過來，「去過。」

「下面有什麼？」

「就是普通的森林，沒有什麼奇怪之處。」柳姑說，「不過我也好幾十年沒去過了，要是那裡再有什麼變化，我也不會知道。」

說完，她笑著轉身望向李辭：「老闆，能給錢了嗎？」

李辭身上自然沒有現金，他向特案組的人打過招呼，將對方的聯繫方式給了柳姑：「妳出去之後連絡他，他會幫妳把錢準備好。」

柳姑猶豫片刻：「看你們還挺像個大人物的，我就姑且信你們一回。」

等柳姑走遠了，紀洵就迫不及待地將自己之前的分析說了出來。

「我擔心紀景揚會出事。」他抿了下唇角，「能現在就上山嗎？」

聽到紀景揚的名字，李辭眼底掠過一道不明顯的焦慮，他點點頭：「走吧，去找他。」

◎

剛出嶺莊，柳姑就連絡了特案組成員。

跟對方約定好拿錢的地點後，她歡天喜地，懷疑自己最近真是行大運了。哪天該找機會去燒點紙錢給外婆，多虧老人家講的那個故事，才能讓她在短時間內發了兩筆橫財。

不過眼下嘛，柳姑繞到河邊，決定先去拿她的第一筆橫財。

臨近傍晚，白霧又升騰了起來。

柳姑打開手機的手電筒功能，沿著河灘照了照，看見一個戴著斗笠的矮小身影。她喜上眉梢地快步跑過去，拍拍那人的肩，「怎麼就你一個人，出錢的老闆呢？」

戴斗笠的老人緩緩轉身，鬆垮的嘴角動了動。

柳姑說：「老頭子，你大聲一點行不行？我聽不清楚你在說什麼。」

老人的眼珠子轉了轉，好像在害怕什麼一般，不敢提高音量，只是不斷地重複說著兩個字。柳姑心裡納悶，瞇起眼睛看了半天才認出來，他似乎在說「快走」。

「我錢都還沒拿到，憑什麼走。」柳姑橫他一眼，「你們要我幫忙帶的話，我都幫你們帶到了啊，想賴帳可不行通。」

正在此時，身後有人低聲笑了一下，說：「說笑了，我們哪會賴帳。」

柳姑鬆了一口氣，回頭看向身後的男人。男人五官端正，長髮整齊地束在腦後，看起來怪模怪樣的，不過柳姑並不在意這點細節，只要肯給錢，她才懶得管人家做什麼打扮。

柳姑攤開手掌：「那就給錢吧，之前說好的，我要現金。」

男人穿過白霧來到她面前，「新娘和書生的故事，妳都講完了？」

「肯定講完了啊。之前怎麼告訴你的，我就怎麼告訴了他們，一個字都沒有漏掉。」柳姑感到不耐煩了，「天都快黑了，你動作能不能快一點，我還有其他事要做呢。」

男人笑了笑：「也是，那就快點吧。」

柳姑以為馬上能見到錢，眼睛都亮了。可接下來，她依稀看見男人伸手在她頸邊一揮，漫天血霧就在眼前噴灑出來。

下一秒，視野裡的場景都倒轉了過來。她看見自己的身體還站在河邊，伸手擺出準備拿錢的姿勢，可是她的頭卻不見了，光禿禿的脖子仍在源源不斷地噴出鮮血。

永遠失去意識的前一刻，柳姑想起了外婆說過的祖訓。

老祖宗沒有說錯，與嶺莊新娘相關的事，確實管不得。

但是，她懂得太晚了。

◎

光線暗沉的深淵山壁，一塊岩石突兀地伸展在半空。

紀景揚躺在這塊岩石上，雙手交叉枕於腦後，雙眼由於無聊而失去了光彩。

「大虎，感覺怎麼樣了？」他翻過身，望向與岩石相連的山洞，「還撐得住嗎？」

只能容納一人的狹小山洞中，傳來忍痛又無奈的回音：「算我求你了，不要每隔幾分鐘就關心我一次，讓我安靜休養行不行？」

紀景揚長長地嘆了一口氣，閉上眼睛，不願再看頭頂上獨屬於乾坤陣的昏暗天色。這個乾坤陣的整體範圍，就是從他躺著的岩石延伸到旁邊幾平方公尺大小的山洞，他跟綽號叫大虎的靈師在陣中困了三天，連山壁縫隙中長出的雜草都快數完了，現在實在不知道該怎麼打發時間。

早知如此，當時應該把乾坤陣的範圍擴大一些，紀景揚懊惱地想。可是轉念一想，當時情況之危急，他能亂中有序地布下乾坤陣就不錯了，哪裡還有空閒兼顧躲藏環境的舒適度。

三天前的清晨，紀景揚跟人借了一條黑狗，拿上羅小姐的繡花鞋就出發了。

那條黑狗確實有靈性，聞了聞繡花鞋上殘留的香水味，就一路走走停停帶他翻山越嶺。

紀景揚當時還很意外，沒想到此行如此順利。誰知當他們快要靠近一條兩邊栽滿松柏的山路時，黑狗忽然「嗷嗚」一聲，任憑紀景揚如何拉拽，都完全不肯再往前一步。

紀景揚直覺是找對地方了。他鬆開繩索，見黑狗頭也不回地倉皇逃離，便獨自踏上了那條山路。

在他看來，山路顯然是一條直道，可當他第三次經過同一棵被雷劈斷大半樹幹的松樹時，紀景揚終於確定，這是乾坤陣形成的視覺障礙。繼續走下去，也只不過是在進行沒用的原地繞圈活動。

從外面找乾坤陣的入口，要比在陣中找陣眼容易許多。紀景揚好歹算是經驗豐富的靈師，心裡絲毫不慌，正要凝神放出靈氣去找入口，手機就不湊巧地響了起來。

一看來電者是同行的大虎，紀景揚心想多一個幫手也好，接起電話後就先說：『我找到乾坤陣了，現在就把GPS定位傳給你？』

『千萬不要……你先聽我說。』大虎的嗓音壓得很低，『新娘的鞋子，還在你身上嗎？」

紀景揚：『在啊。』

大虎：『扔了它，哦，不對，快燒了它！』

紀景揚：『？』

他環視過周圍參天的古木山林，琢磨著要是在這裡點火，會不會以放火燒山的罪名被抓起來。不過大虎的語氣聽起來不太像是在胡鬧，想必是鞋子有問題，大虎是在提醒他趕緊毀掉鞋子。反正已經找到乾坤陣的位置了，繡花鞋留不留也不重要了。紀景揚從口袋裡摸出一把小刀，邊拆鞋子邊問：『我把它割壞就行了吧？』

大虎說：『我不確定，但你最好離乾坤陣遠一點。』

紀景揚問：『你到底遇到什麼了？』

『一個新娘的影子，她在找鞋。』大虎那邊傳來風吹樹葉的聲音，讓他的說話聲也像在瑟瑟發抖。

紀景揚一愣，很快理清了前因後果。不管羅小姐是生是死，只要她沒變成靈，就不會弄一道影子出來找她的繡花鞋。那麼剩下唯一的可能，就是惡靈想找鞋。

難怪大虎想叫他燒掉鞋子。都燒成灰了，肯定連拼都拼不起來，確實比割壞要來得保險。

紀景揚覺得這起事件變得複雜了起來，拆到一半的鞋子也變得無比燙手。他召出枯榮，同時默默朝後撤退，還沒想好下一步動作，就聽見大虎在手機那頭罵了句髒話。

『怎麼了？』紀景揚按緊藍牙耳機，警惕地問。

大虎的聲音壓得比之前更低了，幾乎是用氣聲回道：『有、有個新娘子在懸崖上爬。』

『你說的新娘子，是真人還是影子？』紀景揚問。

『別問了，我不知道。』緊接著，大虎的語氣都變調了，他吞了口唾沫，『我操，你他媽的，這不可能是人吧。』

紀景揚越聽越覺得奇怪，大虎在積分榜上的排名比他還高，就算看見一個會攀岩的新娘子，也不至於會驚訝成這樣。畢竟誰說女孩子就不能喜歡戶外運動呢，對吧？

『你在哪？』紀景揚問，『放個靈出來帶路。』

回答他的，是手機從高處墜落的風聲，和最後落在地面，摔得四分五裂的雜音。

紀景揚心裡震了一下。

關鍵時候，他反倒冷靜了下來。順著大虎提到的關鍵字，他轉身跑到山崖邊往下張望，幸好沒過多久，一根開滿白色小花的藤蔓破土而出，落在了他的腳邊。

紀景揚認得這是大虎的靈，連忙抓住藤蔓，緊接著就被藤蔓拉扯著往空中一蕩。

山間呼嘯的狂風吹得他睜不開眼，但他聽到了環佩「叮噹」的首飾撞擊聲劃破空氣，如千萬隻箭羽在耳邊炸開。枯榮及時護住紀景揚，可等他落到一塊岩石上時，耳朵還是被震出了血。

紀景揚耳鳴不斷，受到腦震盪似的、暈暈乎乎地爬起來，見岩石前方有個狹窄山洞，大虎渾身是血，狼狽地趴在地上抬起頭，朝他大喊著什麼。

他聽不清楚，枯榮卻聽見了。只見枯榮散發出金光，提著禪杖往他身後格檔過去，金石交錯的劇烈聲響震穿紀景揚的耳膜，他轉過身，被眼前的景象驚地愣住了。

一個起碼三公尺多高的新娘，從山岩上方倒掛下來，嫁衣裙襬如雲海般托起她的身體，讓她輕盈地漂浮在半空中。面對枯榮的抵擋，她不躲不閃，只將裹緊細腰的綢帶抽出一段，反打到禪杖上。

「嗡」的一聲，紀景揚喉頭忽甜，一口血吐了出來。

他眼睜睜看著與常亦乘對峙時都沒斷裂的禪杖，居然被新娘用一段綢帶輕而易舉地折成兩半。根本打不過，甚至連一戰之力都沒有。

紀景揚生平頭一次，產生了枯榮或許會死的驚恐。

『回來！』紀景揚大聲怒喝，枯榮及時撤返。

電光石火的瞬間，他掐指成陣。從來沒有哪個時刻，紀景揚會感覺昏天暗地的乾坤陣居然能如此安全，彷彿守護生命的最後一道壁壘，隔開了他與危險的距離。

陣中遲遲都沒有人說話，只有紀景揚急促的呼吸與大虎痛苦的呻吟間或響起。

兩人在昏暗中對視著彼此，眼神中傳遞出相同的慌亂，都怕新娘會馬上從外面進入乾坤陣，讓他們倆死在這片逼仄的空間裡。

彷彿過去了一個世紀那麼久，紀景揚雙腿一軟，跌坐在地。

『你怎麼樣了？』他驚魂未定地問。

大虎說：『應該死不了……我的靈，救了我。』

紀景揚一愣，聽出大虎話裡的哽咽，不敢問所謂的「救」，是不是他理解的以命相救。

他拍了下胸口，看向枯榮只剩半截的禪杖，心裡生出濃濃的恐懼。

從大虎發現新娘，到他被藤蔓帶來，前後頂多只過了三分鐘。

中途大虎與她正面衝突的時間又有多長？兩分鐘，還是一分鐘不到？這麼短的時間，不僅決出了勝負，還讓大虎損失了與自己共生的善靈，那個新娘到底是什麼來頭？

紀景揚回憶起剛才看到的一幕，由於新娘倒掛的姿勢，她腦袋上的蓋頭也垂落了下來，卻被她盤起的髮髻與頭飾掛住，只隱隱約約露出了半張臉。

『你看清她的臉了嗎？』紀景揚問。

大虎摀住肩膀愣了一會兒，才虛弱地回道：『有句話，說出來可能會顯得，我很不正經。』

紀景揚的眼皮猛然跳動起來。不為別的，只因為他跟大虎有相同的看法。

『她太漂亮了。』兩人異口同聲地說完，又同時陷入沉默。

那是在生命攸關的緊要關頭，也無法忽視的容貌。

用傾國傾城來形容都顯得過於單薄，如此極致豔麗的美貌，根本不像世間該有的模樣，而是一種妖冶的詭異之美，讓人看上一眼都會心神震盪。

紀景揚深吸一口氣，想起她瞳孔周圍浮現出的一圈銀白光暈。他從來沒見過這樣的眼睛，但不知為何，每當記憶裡浮現出新娘冷冰冰地看著他的視線，就覺得有幾分眼熟。

『奇怪，我在哪裡見過她嗎？』

與此同時，紀洵他們已經根據地圖找到了柳姑所說的那口棺材。

無論別人如何描述棺材之大，也不如他們親眼見到時來得更加震撼。長約四公尺的棺材擺放在林間，像塊巨大的石碑橫在那裡，並且如同柳姑講的故事那樣，棺材裡裡外外都染上了一層陳舊的血紅。

紀洵試著用手指去摸，接著忍不住皺了下眉。潮濕黏膩，明明已經過了一千多年，這些血跡摸上去的手感卻像不久前才噴灑上去似的，讓他渾身毛骨悚然。

一路趕來，李辭額頭滲出一層薄汗，臉色與唇色也蒼白得可怕。但他顧不上休息，而是用手剝開一層血跡，細細觀察棺材上雕刻的紋路。

謝星顏攙扶著他，「這些紋路有線索嗎？」

「不好說。」李辭微聲回道，「我能確定大致的年代，但是……」

話還沒說完，李辭忽然頓住。他望向站在紀洵身邊的常亦乘：「你在幹嘛？」

紀洵聞聲也扭過頭，見常亦乘不知何時抽出無量，正想用刀刃割開棺材側面的一層木頭。他一頭霧水，拉了拉對方的袖口：「怎麼了？」

常亦乘低聲說：「木頭裡藏了東西。」

「嗯？」紀洵定睛一看，發現那裡應該是兩塊木頭連接的縫隙，已經被常亦乘用刀破開了一道口子，露出了薄韌的紙張邊角。紙張的顏色與質地都很特殊，稍加辨認就能看出來。

「這裡有一張黃表紙。」紀洵示意另外兩人過來看，同時小心地將其輕輕扯出，「這是……紙人？」

四人立刻想起剛到嶺莊那晚，屋內的新娘剪紙襲擊他們後，屋外也落下了一張黃紙人。完全相同的樣式，只是棺材裡夾著的這張要陳舊許多。根據上面的皺褶來看，更像是後來被人強行塞進去的。

謝星顏突然指向另一個角落：「這裡也有。」

「這有什麼關聯性嗎？」紀洵不解地說，「那再檢查一圈吧，都取出來看看。」

十幾分鐘後，四人將各自找到的黃紙人放到棺材蓋上。不多不少，正好七張。

紀洵倒抽一口涼氣：「我有個不好的預感。」

「有多不好，說來聽聽？」謝星顏說。

紀洵：「同樣都是七個單位。七棺陣傳說可以復活死人，那往同一個棺材裡放進七張黃紙人，會不會也有類似的效果？」

根據柳姑的描述，書生與新娘合棺同眠的事發生在一千多年以前。

上山找棺材的這一路他都在想，嶺莊鬧鬼發生在幾十年前，這兩起事件中間間隔這麼久，嶺莊都沒有再傳出過類似的傳聞，會不會是後來發生了什麼變故？

而且從鬼新娘出現到羅小姐她們失蹤，期間也存在幾十年的時間差，總讓他覺得這些怪異現象不是自然發生的，而是有誰躲在幕後操縱著書生與新娘。特別是在看到這些黃紙人後，他心中的疑慮被渲染得更深，畢竟他無論如何也想不出，倘若黃紙人是書生或新娘塞進去的，那他們到底在圖什麼。

李辭沉思片刻，「我沒聽說過這樣的手段。不過如果真的像你猜的那樣，當年與這件事有關的人都死光了，柳姑的老祖宗也早就不在人世，還有誰會費盡周折來折騰這口棺材？」

謝星顏舉起手：「那個，我想到一個人。」

「誰？」

「你們記得新娘生下的棺材子嗎？柳姑也沒說清那嬰兒到底是死了還是沒死，」謝星顏眨眨眼睛，「那新娘多半不是人，那她生下的孩子……會不會還活著？」

聽到謝星顏的猜測後，紀洵背後一寒。光是書生和生死未卜的鬼新娘就已經夠麻煩了，現在還多出他們的孩子？這都是什麼玩意兒，一家三口集體做案嗎？

抱著樂觀做人的心態，紀洵清清嗓子：「現在還不能斷定新娘生前就一定不是人吧。」

按照柳姑外婆所講的故事，書生帶回來的女人除了身形高大以外，並沒有展露出異於常人的特徵。她從棺中暴起殺人的行為不假，但這事發生在她入棺之後，不能做為判斷她真實身分的依據。也有可能她就是怨念未消，像嬰女那樣由屍體變成了惡靈。

如果她和書生曾經都是普通人，那他們生下的孩子，就算當時僥倖逃過一劫，肯定也活不到現在……

眼看紀洵就要被自己的想法說服，他卻忽地扭頭望向常亦乘，嘴角剛剛揚起的笑容就凝固了。旁邊就站著一個活了一千多歲的人，他哪來的自信認為那個棺材子活不到現在？

靜默許久，李辭靠在棺材邊支撐著身體，輕聲開口：「如果真是這樣，事情就麻煩了。」

紀洵：「？」

李辭：「倘若他們的孩子還活著，那我們至少摸到了冰山的一角。可倘若孩子是個普通人，早就死了……」他垂下眼，指著黃紙人苦笑一聲，「那這些東西，又是誰放進去的？」

四周陷入了一片寂靜。

無人留意的角落，一隻蜥蜴鑽進了腐葉遮掩的洞穴。它爬得很快，宛如早就熟悉了山體的構造般，沒過多久就爬到了另一座山頭。

它沒有理會垂首不語的布袋老人，徑直來到另一個男人的腳下，沿著他的褲腿往上爬到他的右肩，在他耳邊低語了一番。

男人聽完，低聲笑了笑，接著捏起蜥蜴的尾巴扔進嘴裡，嚼爛了咽進喉嚨。

「紀卓風……」布袋翁苦等多時，終於忍不住開口，「你究竟想做什麼？」

紀卓風嘆了一口氣，用「孺子不可教也」的失望眼神望向對方：「跟你說過多少次了，我千辛萬苦引他們過來，不過是想讓他們與住在此處的故人敘舊。」

布袋翁的眼皮往下一垮：「你有那麼好心？」

老人難得尖銳的態度並沒有惹惱紀卓風，反倒讓他愉快地笑了一聲。

當然沒有。

從紀卓風去年借蜥蜴之身喚醒書生，告訴它以七棺封陣便能復活它的妻子開始，他安的就不是一顆好心。

不過話說回來，也要謝謝紀洵和常亦乘。要不是他們救出能以傀儡續命的布袋翁，他又怎能親自來到嶺莊，見證這場故人重逢的熱鬧場面？

「別用這種眼神看著我。」察覺到布袋翁目光中的怨恨，紀卓風語氣誠懇地笑道，「你被人所害，在湖中被困多年，不僅有幸能再見天日，還能跟著我見到上古神靈，應該感激我才對。」

布袋翁眼神一滯：「上古神靈？」

還沒被範家人困在望鳴山湖底的時候，布袋翁也曾從其他靈口中聽說過上古神靈的名號。據說它們天生天養，種族綿延數萬年之久，其靈力之強，已經近似於神，乃至可以管轄世間所有的靈。

布袋翁不信：「但老朽分明聽說，它們後來自相殘殺，早已泯滅？」

紀卓風笑了笑：「百足之蟲，死而不僵。老頭子，你能有幸見到神靈一面，足見我待你不薄啊。」

如此一想……

紀卓風張開雙臂，遠眺群山，感受著新鮮空氣與山風，幾乎要為自己的仁慈落下淚來。

他還是太善良了，包括面對那個離經叛道的逆徒，都不忍心草草送其上路。

至於常亦乘能否體會這分苦心，就全看他自己，有沒有命活著走出這座山了。

森林中，常亦乘蹙眉看著眼前的棺材。

從見到這口棺材的那一刻起，怪異的熟悉感就縈繞在他心頭揮之不去，導致他只是大概掃了一眼，就察覺棺木中多出了不該有的黃紙人。

可是他確信自己沒來過嶺莊。或者說，他這一生去過的地方很少，那寥寥幾個地名早在他心裡倒背如流，其中無論哪個，都沒有與棺材或新娘相關的傳聞。

耳邊依稀傳來溫和的說話聲，他收回視線望過去：「嗯？」

紀洵詫異地看著他：「剛才我們商量說要去惡靈掉下去的深淵看看。你沒聽見嗎？」

「沒。」常亦乘頓了半拍，才說，「走吧。」

果然很奇怪。

紀洵下意識往他喉結望去，那片金色的印記並沒有出現，代表此時的常亦乘神智很清醒，可為什麼總感覺他眉眼間隱約浮現出了些許困惑？

「你剛才一直在看棺材，裡面還有黃紙人嗎？」紀洵一邊說，一邊探頭往裡張望，可是除了血跡與多年積累的落葉，棺材中連隻蟲子的屍體都沒有。

常亦乘猶豫片刻，張開嘴唇正想說話，漆黑瞳孔就猛地一縮。

「嗩吶聲。」

紀洵回過頭：「什麼？」

沒等常亦乘回答，他自己也聽見了。那群送親的紙人吹響的淒涼哀樂，正從森林深處遠遠傳來。嗩吶嘹亮的聲響穿透力極強，竟讓他一時辨別不出方向，只感覺像四面八方都有人吹奏著不祥的音樂，要將四人層層包圍。

謝星顏和李辭也同樣聽見了聲音。

「他們來了。」

隨著李辭的話音落下，陰冷的狂風捲起滿地落葉，往上空飛去。

紀洵揚起頭，發現天邊懸掛的明月，竟透出了一抹詭異的血紅色。茂盛如細網的枝葉縫隙將月光割碎成無數碎片，灑落林間，宛如汩汩血水從天上流淌滴落。

而棺材四周的林間，披麻戴孝的紙人越來越近。他們同紀洵在喜轎中的那般，揮灑出漫天紙錢，在紙錢紛揚落地的時間裡，將嗩吶吹奏得急促而高昂。

紅白雙色交織在一起，組合出毛骨悚然的畫面。

不需要誰出聲指揮，謝星顏已經快步躍上枝頭，找到一個視野寬闊的地方彎弓搭箭。

紀洵亦放出霧氣，先分出幾縷去保護常亦乘，想再去顧及李辭的安全時，李辭搖頭：「保護好你自己。」

「啊？」

「你忘了？」李辭說，「惡靈的婚書還有一半在你這裡。」

紀洵：「……」

他伸手摸進口袋，指尖碰到婚書邊緣時顫了一下，懷疑此時的自己在惡靈眼中，是不是就像個活靶子等著挨打。

可惡靈如果真是衝著婚書而來，紀洵深吸一口氣，那他就更應該將它拿好。

正在此時，站在高處的謝星顏大喊一聲：「紀洵，它朝你衝過來了！」

紀洵陡然一驚，全身的神經都瞬間運轉了起來。他沒有回頭，憑藉直覺認定惡靈正從他左側斜後方衝刺而來，便想縱身往反方向跑開。

誰知常亦乘居然預判了他的預判，閃身往他躲避的方向攬腰一接，借力將他推得更遠之後，便提刀殺了上去。

百忙之中，紀洵嘴角抽了一下。接得好，除了時機太過恰好，顯得他好像是故意投懷送抱的以外，沒有任何問題。

他穩住腳步，甩出大片霧氣環繞在四周後，抬眼望去，頓時倒抽了一口涼氣。

惡靈的手掌居然又長出來了，而且他的速度明顯比上次對戰時更為迅猛，招招挾裹著凌厲殺意，看得他整顆心臟都懸了起來。

與戰力提升的惡靈對戰，常亦乘也不落下風。男人的動作快到出現了殘影，揮刺劈砍，連招不斷而至，恍惚間只見刀光幾乎連成一片雪白的光影。

不僅紀洵看不清他們的動作，連視力最好的謝星顏也分不清兩個纏鬥的身影。她幾次舉起弓箭，又害怕會誤傷常亦乘，只能無奈地垂下手臂等待機會。

但現實並沒有給她休息的機會。

從四方圍攏而來的紙人這次沒有停下腳步，紀洵與謝星顏同時喊出一聲「小心」，數十上百個紙人瞬間躍起，直接穿過重重參天古木，衝到了棺材周圍。

一回生二回熟。

紀洵的心中靜如止水，遊刃有餘地將霧氣分散出無數縷，同時拽住紙人殺向常亦乘的步伐，用力往後一扯，讓險些被紙人大軍淹沒的常亦乘又有了盡情施展的空間。

謝星顏一口氣搭上幾枚箭矢，勾緊弓弦的手指一鬆，箭無虛發，全部命中。被射中的紙人「砰」的一聲炸開，化作青煙散去。

「你把它們排成一列呢？」小女孩腦子很靈活，提高音量跟紀洵商量著，「這樣殺起來更快。」

紀洵：「我試試！」

他翻轉手腕，控制四散的霧氣往稍微開闊的地段集中，紙人踉蹌掙扎也不管用，只能搖搖晃晃地被他排得整整齊齊。

緊接著又是一聲箭嘯，紀洵只覺得勁風撲面而來，剛想往左邊站一步，躲開箭矢上的銳利殺氣，眼角餘光就看見一個長條形的東西，從左邊飛了過來。

他被夾在中間，進退兩難，關鍵時刻潛能爆發，直接翻身飛撲進棺材之中。

這個動作快得超出自己的預料，彷彿二十幾年來身體從來沒有如此敏捷過，輕飄飄地就飛了起來。等他矮身蹲在棺材裡了，連續射穿一列紙人的箭鳴和那不知名物體落地的聲音，才一前一後地響起。

紀洵心有餘悸地往左邊張望，看見長著兩隻手掌的扭曲手臂落在棺材外，十隻手指還在條件反射地形成勾抓的手勢。

「……」

不愧是常亦乘，打起來架向來是這麼快狠準。但下一秒，惡靈淒厲的嘶鳴聲如響雷一般在空氣之中炸開。紀洵被震耳欲聾的聲音驚得晃了幾下，然後才反應過來，不是他在晃，而是整座山都在晃動。

剎那間，樹影震顫，群鳥逃離。

惡靈仍在與常亦乘纏鬥，而從始至終沒有出手的李辭臉色瞬間巨變，他不顧自己羸弱的身體，用盡全力大喊道：「謝星顏！」

「我在呢！」謝星顏勉強抱住樹幹，「叫我幹嘛？」

李辭呼吸急促，語速飛快：「我不管妳用什麼辦法，把紀景揚找回來！」

謝星顏一愣：「啊？現在？」

「對，現在。」李辭額頭轉眼滲出一層薄汗，「妳要是見到了他的乾坤陣，記住從坎位破局，那是他留給我的鑰匙。」

靈師布陣，大多習慣留下一把可以從外面開啟的「鑰匙」，為的就是防止自己在陣中出事，其他人找不到進去的方法而耽誤了時機。但這把鑰匙，通常只會留給最信任的人，以防被有心之人趁虛而入。

謝星顏一時沒有想太多，記住後又問：「那這裡怎麼辦？」

李辭：「交給我。」

紀洵站在棺材裡，看著謝星顏輕巧地躍過樹枝遠去的背影，錯愕的神色中染上了越來越多的困惑。目前的戰況並非對他們不利。可李辭突然做出這樣的安排，顯然也不是心血來潮的突發奇想，一切全是因為剛才惡靈的那聲嘶鳴……

想到這裡，紀洵的睫毛顫了顫，心臟狂跳不已。他感覺到了，某種前所未有的危險正在靠近。

「需要我做什麼嗎？」他看向李辭問道。

李辭沒有立刻回答。謝星顏走後，被霧氣捆住的紙人仍在拚命反撲，他四下看了看，毫不避諱地撿起惡靈被砍斷的手臂，用其尖利的指甲劃開了自己的掌心，接著將手一揚。

飛灑出的血滴紛紛落地成人，眉眼看起來有幾分李辭的神韻，只是半透明的身體十分單薄，彷佛風一吹便會散開。幾十個身影眨眼便長出成年人的身高，李辭的背脊彎了下去，臉上一絲血色也沒有，連呼吸聲都微弱到快聽不見了。

然後，他才看向紀洵笑了笑：「你能發揮出真正的實力，就是最好不過了。」

紀洵愣了半晌，莫名有種被人指責自己在摸魚的委屈。不過沒等他短暫的委屈斂回去，真正的危險就來臨了。

身穿繁複花紋嫁衣的新娘，從空中飄然而至。

大風吹開她的蓋頭，先露出她精緻的下巴，還有勾唇微笑時潔白細小的牙齒。接下來，她歪了歪頭，華麗的金色耳飾隨著她的動作清脆作響。

紀洵睜大眼睛，為新娘過於高挑的身形而驚訝。而李辭的視線則掃過她白皙頸間點綴的黑色豹紋，震驚得忘記了呼吸。

他哪怕做夢都沒想過，自己有生之年，居然能見到傳說中才會出現的靈。

上古神靈，武羅。

沉默數秒後，李辭眼中綻放出狂喜的色彩，那是求知若渴的人親眼目睹到神跡時才會有的激動。但他開口的語氣，則是瀕臨死亡的絕望。

「失策了，不該讓謝星顏去找他的，何必回來一起送死。」

NOT A HUMAN

私はたぶん人ではない

第七章 上古神靈

私はたぶん人ではない

NOT A HUMAN

紀洵聽見了李辭的自言自語。

他回過頭，視線穿過李辭灑血召出的化身與青煙紙人廝殺的繚亂光景，看見李辭虛攏手指，衝著他抱著歉意地笑了一下。

李辭什麼話都沒說，但紀洵看懂了他的意圖。他想布下與世隔絕的乾坤陣，把來不及趕到棺材周圍的人阻攔在外。即使乾坤陣一落，剩下三人就只能被困在這裡。

靈師結陣只在須臾之間。一個呼吸不到，乾坤陣落，血月消失在暗沉的天幕之中。

常亦乘抬腳踹飛撲上來的惡靈，反手一刀劈開擋在中間的紙人，閃身疾衝到紀洵身邊，把人護在身後，冷聲問：「你想幹什麼？」

李辭望著他：「抱歉，我也有私心。」

這次的乾坤陣他沒有留鑰匙，即便謝星顏找到了紀景揚，一時半刻他們也進不來。

面對上古神靈，他能做的，就是盡量拖延一些時間。至於紀景揚能不能明白他破釜沉舟的用意，就算明白了，又願不願意任由他留在裡面送死，就只能交給時間去見證。

不過李辭猜想，他恐怕等不到那一刻。光是常亦乘恨不得立刻殺了他的陰沉目光，就足以讓他後背生涼。他完全可以理解對方的怒意從何而來，是他卑劣地拉他們下水，強迫他們與自己一起被困在乾坤陣中。

「我需要你們幫忙，幫紀景揚爭取逃命的時間。」李辭擦拭掉額頭的汗水，「放心，我快死的時候，會解開乾坤陣放你們走。」

既然紀洵和常亦乘的真身是靈，那麼等乾坤陣破開的瞬間，理應還有趁亂逃離的機會。

李辭承認，這次是他有意利用他們。正如他說的那樣，他也有私心，就像常亦乘任何時刻都想護住紀洵那樣，他也有不顧一切都想保護的人。

紀洵聽出他話裡的決絕，不由得一愣。

漂浮在空中的新娘紋絲不動，氣勢卻如一座高山般壓倒性地襲來。光是看著，紀洵都能感受到源自生理本能的恐懼，但他很難相信，剛一見面，新娘還沒出手，李辭就已經做好赴死的打算。

「她到底是誰？」紀洵輕聲問。

李辭苦笑一聲：「武羅，上古時期替黃帝鎮守密都的神女。現世所有靈師的靈加起來，見到她都得叫一聲老祖宗。」

聽到她的名字時，紀洵大腦中驟然橫穿過一陣尖銳的刺痛。他身體猛然一震，倉促地抓住常亦乘的手肘，再開口時，語氣篤定中帶著一點困惑：「她不是死了嗎？」

李辭詫異地望向他。常亦乘垂下眼眸，扶穩他站好。

紀洵被兩人同時看著，自己剎那間也感到有些莫名，但當他再度凝視被稱為武羅的新娘時，就從那具高大的身軀裡看出了濃烈的死氣。就像他之前用霧氣試探惡靈墜落的深淵時那樣，察覺不到任何生命存在的跡象。

眼前的靈，是死的。

但相比起親眼目睹到的神靈空殼，紀洵耳邊有個更確定的模糊聲音，正在不斷告訴他：

『武羅的確早已不在世間。她被怨氣纏身，陷入癲狂之境，大肆屠戮後力竭而亡。』

紀洵辨不清是誰的聲音在說話，起初還以為，又是因為他從前吸收了常亦乘頸上那些符文中的靈力，導致他再度聽見了別人記憶中的聲音。可漸漸的，他的呼吸凌亂了起來。

清雅溫和的說話聲源自他的靈魂深處，越聽越像是他自己的聲音。

這是……被嚇到精神分裂了？紀洵下意識抬起眼，望向常亦乘的目光中染上了一層驚懼之色，他嘆息般地喃喃低語：「她應該已經死了才對。」

「我去看一眼。」常亦乘把他往安全的角落一推，轉身飛踏上棺材，不等紀洵嗓子裡那聲「別去」喊出來，就借力一躍，提刀殺向了半空中那片陰冷的血紅色。

四面狂風呼嘯而起。

武羅往前踏出腳步，被她穿著繡花鞋的腳尖踏過的空氣，頃刻便如漣漪般蕩開一圈圈的血霧。血霧交織纏繞，晃眼望去竟像一朵朵盛開在半空的紅蓮，肆意燃燒綻放，但沒人有閒心欣賞眼前詭異的美景。

她腳踩紅蓮，如履平地，只在常亦乘的短刀即將劃破她的喉嚨時，側身換步俐落地避了一寸。眼見一擊不成，常亦乘在空中擰腰反身，快如閃電的短刀立刻再往回補刺。

紀洵下意識屏住了呼吸。兩人誰都不讓，完全就是近身作戰，而常亦乘在瞬間反轉的出刀，更讓他手中的無量距離武羅只有半個刀身的距離。他甚至能看見薄涼的刀光，已經貼上武羅細膩的脖頸皮膚。

換作平時，下一瞬就該是刀刃割開她的喉嚨的時候，但空氣裡傳來的，卻是武羅耳墜搖晃的清脆聲響。聲浪猶如有形的利刃，被她驟然甩出的腰帶裹在其中，鋪天蓋地橫掃向常亦乘。

「躲開！」

紀洵狂吼一聲，手中翻騰的霧氣好似海浪般地洶湧而出。

霧氣撞上聲浪的剎那，整個乾坤陣都劇烈地震顫了起來。

紀洵腦海中只剩下一片空白，他好像忘了所有的事，卻仍然記得在千鈞一髮之際，衝進血霧四散的漩渦中央。

但是有一隻手，把他往外推了出來。

低沉而冷冽的熟悉男聲輕聲對他說：「別進來，她是紙人，小心書生。」

紀洵腳步忽停：「李辭，用火！」

身為陣主，乾坤陣震盪之時，李辭受到的影響最大。他噴出一口黑色的汙血，見脫離霧氣挾持的紙人轉身，朝書生化作的惡靈跑去，根本顧不上搖搖欲墜的身體，單手用力往上一拍，掌心還未癒合的傷口頓時整條裂開。

無數個與李辭神似的化身破土而出，再次拖住那些送親的紙人，而樹影間更是竄出一條周身燃火的青色長龍，長龍吐息噴出千萬道火光，以燎原之勢霎時席捲了整個乾坤陣。

四濺的火星點燃了陣中所有的紙人。它們燃燒消亡的青煙宛若縷縷亡魂，不受控制地飄蕩著，向藏身在最裡處的書生飛去。

隨著青煙漸濃，書生之前被常亦乘砍斷的手臂也再一次長了出來，可李辭哪裡願意讓它輕易復原。李辭心神忽動，吐出一個字：「去。」

那些半透明的化身就如同他本人的意志，飛蛾撲火般衝向書生。

另一邊，紀洵喊完李辭，就沒再管外面的戰況，徑直踏入了霧氣和聲浪仍在擊撞的漩渦之中。

裡面罡風四起，飛沙走石。

紀洵沒看見常亦乘。或者說，他沒看見熟悉的常亦乘。

正渾身浴血與武羅纏鬥不分的，是一個身形暴漲、半是人形半是靈的異物。

紀洵愣然半晌。他知道那應該是常亦乘，因為那隻異物的頸部閃耀著象徵失控的金色符文，符文躍動得前所未有的猛烈，連同他的心臟也跟著以相同的頻率瘋狂跳動。

在紀洵的記憶裡，常亦乘的手是很好看的，皮膚白淨，指骨修長。可此刻他見到的緊握無量的那隻手，卻蒙上了一層豹紋般的黑斑。黑斑蔓延往上，鑽進他的袖口，再從鎖骨處延伸到單邊頸側與他右邊半張臉。

常亦乘的右眼黑瞳周圍，浮現出一圈銀光閃爍的白翳。

他完全沒發現紀洵還是進來了，手中凌厲刀光不斷落下，砍斷武羅揮來的腰帶，也砍斷了她伸出尖利細掌的手臂。

血紅色的斷臂落到紀洵腳邊，他目光掃過布料邊緣露出來的一點豹紋黑斑，福至心靈。

再抬眼時，視野已然變成了昏黃色。

眼前以命相搏的兩人身上都有相同的鎖鍊印記，印記牢牢禁錮住他們的每一寸骨頭，把他們都囚禁在無法掙脫的牢籠裡。

「住手……」紀洵顫聲喊道，「常亦乘，快停下來！」

回答他的，是山崩地裂的晃動猝然一震。

紀洵猛一回頭，意識到這是乾坤陣即將打開的訊號。他很想出去看看李辭怎麼樣了，但一個只有半個人高的身影，卻在此時伴隨著震耳欲聾的尖嘯聲殺了進來。

一切發生得太快。

當紀洵撤走所有霧氣，只想去護住常亦乘一人的時候，已經來不及了。

書生化作的惡靈伸出怪異的長臂，在常亦乘躲開武羅全力一擊的瞬間，捅穿了他的胸膛。

紀洵眼中的昏黃褪去了顏色，天與地都變成了白茫茫一片。而天地之間，他想忽略卻依舊真實存在的血花濺射滴落，弄髒了他的臉。

紀洵木然地摸了下臉頰，他知道，這是常亦乘的血。

「你敢動他。」

紀洵眸中漫上怒意，嗓音像在冰雪裡淬過一般，沒有一絲溫度：「有我在，你竟敢動他。」

奄奄一息的李辭跪在地上，意識模糊之際，遠遠聽到了這聲訓斥。

他用盡最後的力氣強撐著抬起頭，看清前方的景象後，忽地笑了一下。

從有記憶的時候開始，大家都說他天生體弱，注定活不了太久。別人都為他惋惜不已，李辭自己卻不以為然，他知道人總有一死，他這一生不過是走得比別人快了一些。但要是能在短短數載的光陰裡，知曉更多世間事，便不枉他來人世走一趟。

命運也許格外優待他，否則他哪來的好運氣，能在短短一天之內，接連看到兩次神跡。

紀洵垂著手，無名指間的戒指消失無蹤。

取而代之出現在他手中的，是一本觸感溫潤如玉的黑色書卷。

風吹開書頁，金色文字如流光四溢而出，護住了重傷倒地的常亦乘，也鎖住了傷人後抱緊武羅的怪異書生。

傳聞說，大禹曾於昆侖山下遇到一位神明。神明授予他黑玉書，助他治水，拯救世人。

傳聞還說，神明乃天之九德化形，承載世間所有善意的慈悲之心，其名曰**長乘**。

「長乘……」

李辭唇邊溢出血沫，聲音卻是笑著的，「你竟然把自己的名字，借給他用了。」

常亦乘太久沒有受過重傷了。

被惡靈尖銳的手臂擊穿時，他沒有感覺到痛苦，只覺得身體忽然空了一塊，風從後面吹來，空曠地穿過胸膛，快速流失的體溫與力量，讓他的手指也痙攣了起來。

可腦海中繃緊的那根弦，同樣也牽扯住了他無數次快要鬆開的手指。直至跌倒在地，他仍舊沒有放開那個人送給他的刀。

模糊的視野之中，他恍惚間看見了紀洵，但那好像又不是紀洵，反而與他更加熟悉的紀相言更為相像。

黑玉書卷泛起的流金微光拂掃過他的身體，溫暖如春風，讓他想起了許久以前的舊事。

在他還叫紀十七的那些年裡，他拜在紀卓風門下，名義上是排名第十七的徒弟，實際上每日所學的卻跟外門弟子差不多。

紀卓風教過他幾回後，就不再與他談論靈師之術。

『資質平庸，不堪大任。』

師父短短的兩句評價，在他與被給予厚望的師兄姐之間，劃下了一道不得跨越的鴻溝。

他那時不服氣，亦或是單純地想讓紀相言為他高興，便三天兩頭地找人比試，只為證明自己不比任何人差。

起初他年紀小，身手卻足夠敏捷，他彷彿生來便知如何打架一般，加上有股不怕死的瘋勁，即使是比他年長一輪有餘的師兄都打不過他。

即便如此，也沒人對他另眼相看。他們依然在背地裡議論，說他不過是師叔從路邊撿回來的野狗，除了亂咬人以外就沒有其他長處了，何必把他留在山上，倒不如早早逐出師門，去替人看家護院。

他不懂，為什麼自己明明打得過所有人，卻換不來一聲誇獎。

直到有一天，他想著紀相言這次下山已經過了半個月，差不多該回來了，便早早溜出去，像以前那樣守在山腰那棵最大的松樹下等紀相言。太陽落山後，紀相言還沒回來，幾個師兄倒是找到了他，說今天師父和師叔都不在，要給他一個教訓。

他們召出了靈。

那天他輸得很慘，等師兄們走了很久，才有力氣踉踉蹌蹌地爬起來。他按著胸口，靠在松樹邊等了很久，看到熟悉的身影在夜色中沿山路而來時，忽然亂了心神。

他不想讓紀相言瞧見自己如此狼狽的模樣，便跛著腳一瘸一拐地躲到了岩石後面，結果還是被紀相言看見了。

『我說這次回來，怎麼就沒人等我，原來是躲在這裡。』紀相言撥開礙事的樹枝，見他渾身是傷，也不怒不惱，只是輕聲問了一句，『怎麼受的傷？』

他不肯說，紀相言也不強求。只是像從前那樣牽著他的手，往山巔的住所走去。

皎潔的月光一路相送，他看著地上一高一矮的兩道影子，意識到原來時間已經過去了好幾年。他從七、八歲的小孩，長成了一個頭能抵到紀相言肩膀的單薄少年。

可山上的一切都沒有改變。寒冷、陌生，除了紀相言以外，沒有人願意接近他。

到了住所，他以為紀相言會像往常那般，用戒指裡的霧氣幫他療傷。可那晚紀相言只是靜靜地看著他，似乎在等他自己開口解釋。

少年微弓著背，寧願低頭看著自己被灼傷的指尖，也不願承認他打架打輸了。

好像有些話一旦說出口，就證明他當真一無是處，活該被逐下山去。

他不怕下山，但是山高雪大，他怕找不到回來的路，就再也見不到紀相言了。

末了，還是紀相言先問：『你是被靈傷的嗎。』

『……靈？』

『長得和人不一樣的，就是靈。』紀相言問他，『是你師兄們做的吧，總共召出了幾個靈？』

他低聲回道：『五個。』

紀相言勾唇，『手無寸鐵就敢和五個靈動手，紀十七，你有點能耐了呀。』

他聽不出這是在誇他還是在損他，只能抿抿乾裂的唇角，低聲說：『別叫我紀十七。』

『你不喜歡這個名字？』

怎麼會喜歡呢。無論是撿到他的跛腳老人，還是所謂的師父，他們為他取的這些名字，不過都是叫著比較順口的稱呼而已。

「小瘋子」或者「紀十七」，這些名字，他都不喜歡。

他把頭埋得越來越低：『三師姐養的兔子，名字都比我好聽。』

頭頂依稀傳來一聲輕笑，他知道自己說了孩子氣的話，耳朵燒得通紅。

『平時不聲不響的，原來心底有這麼多主意。』紀相言確實是笑了。笑過之後，又長長地嘆了口氣，『那你喜歡什麼樣的名字？』

真被問到了，他又說不出具體的。他是生下來就被遺棄的孤兒，大概也不配像其他人那樣，取個有父母祝福之意的名字。

猶豫半天，他好像忘了疼似地捏著血肉模糊的指骨，小聲說：『像你這樣的。』

紀相言愣了一會兒，才說：『那你可知道，紀相言只是我的化名。』

『你原本叫什麼名字？』他問。

『長乘。』

他把這兩個字悄聲念了好幾遍，越念越覺得喜歡。

『我的名字比較特殊，不能直接給你。』耳邊傳來那人溫和的話語，『自己再加個喜歡的字，拿去用便是。』

那晚，長乘替他治好傷，就回了房間。他獨自留在長乘的住處，整宿沒睡，等第二天房門打開時，就迫不及待地捧著墨跡未乾的宣紙跑了過去。

長乘垂眸掃過那三個字，輕笑道：『哎，忘記告訴你，不是這個「常」。』

『啊？』

『不過也好，常亦乘，更像一個正常的名字，就它吧。』

◎

乾坤陣外，相距十數里的另一座山頭，忽起的山風吹得草木都折下腰去。

布袋翁站在風中，寬大衣袍如旗幟般鼓起飛揚。它震驚地望向遠方，懷疑風是從紀洵他們所在的乾坤陣那邊傳來的。風裡藏著驚濤駭浪般的氣勢，卻並無半分刻意的震懾之意，那股氣勢好像生來便站在山巔、站在與天最為接近的地方。它無需征伐，只需低眼掃過，自然就該享受萬靈膜拜。

「這就是你說的，上古神靈？」布袋翁的聲音被風吹得散亂。

紀卓風臉上的意外一閃而過。

如此大的陣仗，是長乘徹底甦醒過來了？那麼，常亦乘呢，還活著嗎？

乾坤陣將散未散，他派過去的蜥蜴始終無法進入，使他看不到裡面的景象。可除了常亦乘出事以外，他想不到陣中還有什麼事，能掀起這股令他生厭的狂風。

畢竟當年長乘親眼目睹武羅之死，今日得見故人屍身，以他的性格，想來心中也不會因為一具屍體而掀起多大的風浪，所以剩下的，只有一個可能性。

常亦乘死了。

紀卓風低啞發笑，死得好。

倘若常亦乘泉下有知，發現只要他一死，他心心念念的那個人就能回到世間，恐怕只恨自己沒有早些自盡吧。

不過即便如此，紀卓風也沒料到，事情能進展得如此順利。

「果然是上古神靈，死了也這麼好用。」紀卓風一招手，身後閃出數百隻青面獠牙的青煙鬼，「不枉我費心布置了一場。」

連常亦乘都打不過被青煙鬼控制的武羅屍身……

紀卓風憂愁嘆氣，要是當年他能一舉制住同為神靈的長乘，那今時今日的他，何必還要靠區區布袋翁來維持完整的人形。

這老頭子心腸太軟，講話又囉嗦，對他也不夠忠心。

紀卓風不動聲色地遞去一個眼神，等事成之後，不如殺了省事。

◎

紀洵說不清自己究竟是怎麼了。

他能清楚感覺到，從說出「你敢動他」那句話開始，接下來乾坤陣中的所有變故，都是由他而起。

可這是他能辦到的事嗎？

紀洵看了手中的書卷一眼，又看向被流金文字鎖住掙脫不開的惡靈，整個人的靈魂像分成了兩半，一半在想「我有那麼厲害？」，一半則在目睹常亦乘受傷的震怒之中，提醒自己要冷靜下來，最後還是後半種情緒占了上風。

他側臉望向身後燒成褐色的焦土，目光落在奄奄一息的李辭身上。

快死了，但還能救。

隨著這個念頭在腦海中盤旋升起，泛著金光的文字便悠然飛過去一行，如同保命的符咒般纏住了李辭的命脈。李辭的眼睛動了動。

也是可惜，紀洵下意識皺眉心想，靈力如此充沛的好苗子，身體竟如此羸弱不堪，明明還有再戰之力，五臟六腑卻先撐不住，差點要了他的命。

「把陣定好。」紀洵緩聲吩咐李辭，「我有事要做。」

說完便回過頭去，移步走到常亦乘身邊，掌心輕撫過男人胸膛猙獰的傷口，嘴唇微啟，想說幾句責備的話，可一看見常亦乘握緊無量的慘白手指，微薄的怒意就變成了一聲無奈的嘆息。

「不像話。」他半是訓斥、半是心疼地低語了一句，等手掌重新感受到均勻的心跳，才收回了手。

常亦乘口中溢出幾聲短促的呻吟，猛地醒了過來。

幾乎是在眼皮睜開的瞬間，刀刃便響起一陣殺意騰騰的震鳴。紀洵眼疾手快，輕輕把還要起身再戰的男人推了回去：「別動，有我在。」

是和平時相差無幾的語調，常亦乘卻愣了數秒，眼眶驟然現出猩紅色。

紀洵對上他的視線，心中一顫，千言萬語居然不知該從何說起。他有點受不了常亦乘這種驚喜與痛苦交織的眼神。

末了，只能扔下一句：「晚些再跟你算帳。」

「呵、呵——」惡靈和武羅的屍身被捆在一起，掙扎著用指尖抓劃過地面。

紀洵來到他面前，修長指尖勾開惡靈頭顱周圍的幾筆文字，屈指在對方額頭輕叩一下。

惡靈陡然一震。

「清醒了嗎？」紀洵看著他，厲聲問，「知道自己都做了什麼嗎？」

惡靈還想掙扎，可除了扭曲咧開的嘴以外，他全身都動彈不得。

紀洵並不催促，只是提醒道：「你現在能說話了。」

惡靈幽幽揚起頭，混沌多年的意識彷彿在此時湧入了一線清明。那點微小的氣息墜入他的腦海後，便不斷往外擴散淨化。

「我⋯⋯」惡靈的聲音嘶啞得能刮下一層沙來，「娘子，娘子⋯⋯」

它看不清自己雙手抱緊的人，只能模糊地判斷出眼前有一片喜慶的紅色，像極了大婚那日，她嫁衣上的紅。

那時他多高興啊，十里紅妝，明媒正娶。即便他知道，他心愛的女人並不是人，她能活很久很久，久到他化作枯骨，她也永遠如初見那般美貌不減。或許許多年後她會忘了他，提起他時，也只是淡淡一句「我曾經遇過一個書生」，他也心甘情願。

可他們終究沒行完那個夫妻禮。

等他再找到她時，她倒在血泊中，周圍滿是和她相同的、被稱為「靈」的軀體。她細小的牙齒咬在他的肩膀上：『想不到，是我走在你前面。』

書生拚命搖頭，恨不得把自己的命續給她，最終卻只能眼睜睜地看著她斷氣。死前的最後一句話，她說：『別把我埋得太深。我在你身上留了一線靈力，哪天你有難，就叫我的名字，我聽得見。』

被亂棍打斷脊骨的那日，他咬碎了牙齒也沒有叫她。哪怕他就死在她的棺材邊，他也不願意讓她知道，自己臨死前的模樣有多難看。

然而他沒想到，她終究還是來了。

棺材合攏的那一刻，他想這也許也算圓滿，生前他們不能拜完堂，死後他倒成了和她一樣的靈。還是和從前那樣，他心甘情願與她被困在那一口棺材裡，不願離開她的屍身半步。

誰知青煙鬼卻來了。

惡靈翻滾著眼珠：「有人告訴我，她變成了青煙鬼的傀儡，要想救回她，我就要、就要……」

紀洵冷聲接道：「殺死七個新娘，布下七棺陣。」

「我……」惡靈收了聲，沉默不語。

它記得自己殺了人，可它怎麼會殺人？它憑什麼用別人的命，去換她的命？

「你受了誰的蠱惑？」紀洵語氣緩和了一些。他能分辨善惡，此刻就清晰感受到對方心中源源不絕的悔意。

眼前這人死後化作的靈，也許剛開始並不是惡靈。

書生搖頭：「他沒提過名字，我看不見也認不出他，只知道是個男人。」

紀洵捏了下指骨。書生瘦骨嶙峋的錯亂身體，正在不住地輕顫。

倘若書生還是人，此時它的眼中大概會流下悔恨的淚水，但此時此刻，它腐爛的眼眶裡流不出任何液體，只能從喉嚨中發出痛苦的嗚咽。

要是沒有青煙鬼或別人蠱惑，書生或許不會有害人之心。

可它無辜，嶺莊那兩個死去的女孩，則只會更無辜。

紀洵問：「知道接下來我要做什麼嗎？」

書生沉思片刻：「我自己來，不要髒了你們的手。」

難以言喻的情緒湧上心頭，紀洵垂下睫毛，聲音很輕：「我和武羅也算相識一場，之後……我幫你們把棺材葬好。」

「謝謝。」書生騰出畸型的右臂，頓了一下，「你與我娘子相識，能再幫我一個忙嗎？」

「你說。」

書生有些畏怯地開口：「我想變回生前的樣子，現在這樣，太難看了。要是真有來世，我怕她認不出我，也怕我們的孩子認不出我。」

紀洵「嗯」了一聲，這對他來說並不難。於是他將手覆於書生臉上，調轉靈力，錯位的骨頭一寸寸地復原，紀洵感受到掌心下逐漸成形的輪廓，心中莫名悵然。

片刻過後，他收回手。淡然的目光在看清書生模樣的瞬間，忽地一驚。

他在世間遊歷千萬年，都沒見過這麼溫柔的一雙眼睛，如倒映出岸邊垂柳的秋水，含情脈脈。

可是書生的臉……

紀洵深吸一口氣，忽然懂了常亦乘第一次與它對上時，為什麼會出現片刻的恍神。也懂了為什麼常亦乘和武羅身上，都有一模一樣的鎖鍊印記。

他轉身喊道：「常亦乘，你過來。」

還沒完全恢復的男人起身，走過來一低頭，蒼白凌厲的下顎猛地咬緊。

書生抬起頭，看清與自己幾乎如出一轍的那張臉，驀地明白了。

他的臉被毀了太久，恢復了正常的五官，也只能擠出一個說不清是哭是笑的表情。

「啊，太好了。」

他微微沙啞的聲音穿過空氣，抵到常亦乘的耳邊：「長這麼大啦。」

◎

紀景揚要瘋了。

從藏身的乾坤陣出來後，他先讓謝星顏送受傷的大虎下山，自己則根據謝星顏指的方向，馬不停蹄地趕了過來。誰知快到謝星顏形容的山坳時，眼前的景物突然像接觸不良的電視一般，出現了扭曲閃爍的跡象。

按照常理，這是面前有個乾坤陣快解開的預兆。

說不上是從哪裡而來的直覺，他很快認定乾坤陣多半是李辭布下的。等了一會兒，見乾坤陣還沒完全消散，想到李辭跟紀洵都還在裡面，他就心急地想找到「鑰匙」進去幫忙。

結果李辭不僅沒留鑰匙給他，甚至還將陣結得嚴絲合縫，半天都找不到入口。

紀景揚整顆心臟往下一沉，意識到這是陣主不願讓別人進去的訊號。

陣裡面肯定出大事了。

隨後山間刮起猛烈的大風，要不是枯榮還守在他身邊，紀景揚懷疑自己都要被這陣風刮飛了。

越是這樣，紀景揚就越不安。他瞥了只剩半截禪杖的枯榮一眼，又仰頭望向天空中透出微紅的月亮，總感覺這趟嶺莊之旅有種說不出的怪異。

紀景揚原本是不想接嶺莊新娘失蹤的任務的。最近觀山亂得不得了，人又是在熟悉的地方才會有安全感的生物，剛在APP刷到這個任務時，他心想嶺莊太遠，就動動手指把任務滑過去了。結果接連幾次刷新頁面，任務都會顯眼地跳到他眼前。

做靈師的人都有點迷信。連續刷到同一個任務，在普通人眼裡可能是巧合，但在紀景揚習慣的概念裡，就屬於跟他有緣。既然三番兩次碰到，最好還是走一趟。

現在回想起來，事情從剛開始的時候就有些古怪。新娘失蹤這件事，起初的重點應該落在「尋找」上，枯榮是擅長防禦的靈，找人找物都不是紀景揚的專長。無論怎麼想，這任務都不該跟他有緣。倒像是命運故意安排他先來嶺莊，再借由他的身分，把其他人引過來。

想到這裡，紀景揚不禁打了個寒顫。

「不會吧……」

他搖搖頭，把胡思亂想的思緒都拋到腦後，決定放棄尋找鑰匙，改成按常規手法強行把乾坤陣打開一道入口。這方法有點麻煩，成功率也低，但他等不下去了。

誰知紀景揚剛準備調動靈力，李辭就撐著拐杖，從一棵樹後面走了出來。

紀景揚趕緊跑過去扶住他，同時轉頭往李辭出來的方向張望：「紀洵他們呢？」

「別看了，紀洵又布了個乾坤陣。」李辭精疲力盡地坐下，「以你我的水準，都進不去的。」

紀景揚「哦」了一聲，蹲在地上觀察李辭的臉色，一看他嘴角和胸口都是血，就急了：「又吐血了？你怎麼回事，鑰匙也不留給我……哎，等一下？」

李辭無奈地看他一眼，心想這人有時候是真的笨，好半天才反應過來不對勁。

紀景揚拔高音量：「你剛才說，紀洵又布了乾坤陣？不是，他把你趕出來，自己跟常亦乘留在陣裡要幹嘛？直接用你之前的陣不行嗎？不對啊，他什麼時候學會布陣了？」

一連串的問號化作接連不斷的問題拋出來，吵得李辭頭疼。

李辭按緊太陽穴：「讓我休息一會兒。至於其他的，等紀洵出來你再問他吧。」

只是他不確定，等紀景揚再見到自己親愛的弟弟，還能不能像往常那樣嬉皮笑臉地跟對方搭話。

◎

紀洵走到了一棵蒼翠的松樹後方。

自己是無父無母的人，不知道這種時候，將死的父親會對孩子說些什麼，但想來總會說些不方便被外人聽見的話，所以他理應適當地避避嫌。

可是他在松樹後站了多久，那邊就安靜了多久。

誰也沒有出聲。

沉默變成了壓在每個人心頭的鉛塊，重重地抵在胸口，把所有呼之欲出的話都扯了回去。最後是書生撐著地，一點一點地站了起來。

他回到了死亡當日的模樣。

一襲素淨白袍，襯得它身形頎長又過分清瘦。它想再往前幾步，像父親那樣摸摸他們的孩子，可它以那副破碎的樣子化靈太久，竟忘了該如何像人一樣邁步。

險些踉蹌倒地時，常亦乘扶住了它的手腕。

他們長得很像，像到不需要瑣碎地核對身分，就知道彼此到底是誰，但兩人的氣質卻是截然相反。

常亦乘垂眼，望向白色袖口下露出來的手掌，完全是隻讀書人的手，乾淨修長，溫潤柔和，只有常年執筆的關節磨出了一層薄繭。不像他拿慣了刀，五指往裡攏住時，指骨也習慣地突起凌厲的白。可書生反過來覆蓋在他手背上的動作，卻又輕到了極致。好像他還是自己到死都沒抱過的小小嬰兒。

一種陌生的情緒在常亦乘身體裡流淌，他微皺著眉，一動也不動，任由書生寸寸撫過他的手臂。停頓片刻後，又小心翼翼地停在他胸口靠近心臟的位置。

傷口已經癒合了，鮮血卻還混雜在碎布裡沒有凝固。

「疼嗎？」書生顫聲問。

常亦乘搖了搖頭。

「我幼時受點小傷就會哭上半宿，你是我的孩子，怎麼會不怕疼。」書生盯著他看了許久，「我們不在你身邊，吃了很多苦吧？」

常亦乘仍是搖頭。

書生慘澹地笑了一下，自然不肯相信。可是它知道，今日相認亦是永別，哪怕說再多的話，除了徒增感傷以外，也彌補不了他們之間失去的時間。

好不容易能看清的身影，在它眼中慢慢變得模糊了起來。它收回手，借由在懷中翻找東西的動作擦掉眼淚：「我沒有什麼東西能留給你，只有這個……」

常亦乘眼神一愣。他看著父親遞來的半紙婚書，目光掃過上面依偎的兩個名字，咬緊了牙關。

書生把婚書塞進他手裡，語氣裡糅雜著不捨的催促：「走吧，還有人在等你。」

常亦乘終於開口，嗓音有點悶：「我送你。」

父子間的低語，到底還是傳進了紀洵耳中。他現在聽覺過於靈敏，乾坤陣中任何風吹草動都逃不過他的耳朵。

聽到那句「我送你」時，紀洵遲疑了一下，想過要不要回去捂住常亦乘的眼睛，讓他別看。然而這個念頭才剛升起，轉瞬就被他自己否決了。

他清楚，常亦乘需要送完這最後一程。

文文弱弱的書生，如今畢竟是個靈，所以它親手掐碎自己喉嚨的聲音，俐落又清晰。

紀洵沒忍住，在聽到那個聲音響起時回過頭，看見常亦乘挺拔的黑色身影陡然彎了下去。像一個注定無法畫滿的圓，終究還是落下了最後一筆墨跡。

NOT A HUMAN

第八章 牽掛

私はたぶん人ではない

天邊的月亮褪去了血色，重新蒙上了清亮的光。

手機顯示的時間跳到凌晨五點時，紀景揚聽見身後傳來了腳步聲。他立刻從地上爬起來，轉身往前跑了兩步，就倉促地停了下來。

出來的人，確實是紀洵和常亦乘。可走在前面的紀洵，卻和他印象中有了些微妙的區別。

說不出具體的差異，只覺得他眼尾眉梢的神色，淬煉出了一層悠遠的靜謐與淡然，比活了一百多歲的紀老太太更讓他不敢隨意接近。

「紀景揚。」倒是紀洵先喊了他一聲。

紀景揚下意識答道：「在。」

話剛說出口，他就後悔了。這聲「在」回答得有點謙卑，平白無故活像比紀洵矮了好幾輩似的，一點都沒有哥哥大人該有的風範。

紀洵看向他身後的枯榮，稍抬指尖，幾縷金光便朝枯榮飄了過去，斷裂的禪杖頃刻間便完好如初。枯榮抬頭望了紀洵一眼，瓷鑄的臉上沒什麼表情，只在靜默幾秒後，朝他遠遠地鞠躬一拜。

紀景揚瞠目結舌。

「你沒事拜我弟弟幹嘛？」他小聲問自己的靈，「他會不好意思的。」

李辭在旁邊聽得生無可戀。是他小看了紀景揚，明明都隱約察覺到紀洵跟從前不同了，腦子裡那道彎偏偏就是拐不過來。多虧枯榮不會說話，否則肯定會冒出一句「你給我閉嘴」。

經歷過最初的懵懂後，紀景揚繞著紀洵轉了幾圈，又覺得剛才可能是自己多心了。

「來，好弟弟，讓哥哥看看，聽說你學會布乾坤陣了？」

他笑了笑，大大咧咧地想往紀洵肩上一拍，常亦乘就抬手擋住了他。

紀景揚：「？」

還是李辭看不下去了：「你先過來吧。」

聽到李辭發話，紀景揚終於意識到，在他不在場的時候，紀洵身上肯定發生了什麼變化。他默默挪到李辭身邊，目光狐疑地在三人間來回掃視，好歹忍住了沒再說話。

被他這麼一打岔，紀洵本來就有點混亂的思緒頓時變得更加迷茫了。

他現在真的懷疑自己是不是精神分裂了。因為理智上他記得自己叫紀洵，是個該為論文頭痛的大四學生，可是他身體裡似乎住進了另一個人，而這個人還能控制他的一言一行。

比如現在，他就不自覺地開口說：「你們先回嶺莊。」

李辭問：「你們呢？」

紀洵沒有回答，而是先下意識轉過頭，視線穿過近處的樹與遠處的山脈，落在普通人視力遙不可及的某個位置。

十幾里外的山峰，紀卓風渾身一震。一股涼意從他腳底直竄上腦門，帶來顫慄的恐懼，也帶來極致的興奮。

他看不了那麼遠，但此刻他身體裡的靈力正在不斷翻滾地提醒他，它們真正的主人快要回來了。

紀卓風微瞇起眼，世上沒幾個人知道，傳聞中早已隕落的神靈長乘不僅沒死，還活活被人奪走了半數靈力，導致上千年來只能靠寄生死胎苟延殘喘。

「他醒了，他終於醒了。」紀卓風雙眼通紅，彷彿沉迷於豪賭的亡命賭徒，「來吧，我等你很久了。」

⊙

紀洵不明所以地收回視線。

李辭問完那句「你們呢」，還在等待紀洵的回答，可他腦海中哄亂一片，太多太多的記憶正在源源不斷地翻捲呈現，如同接連點燃了漫天星火，卻始終無法拼湊出完整的星圖。

「我不知道。」紀洵喃喃出聲，感覺自己快被浪潮般湧來的回憶淹沒了。

他不知道該去哪裡，不知道現在究竟是哪一年，甚至不知道自己是誰。

身前望著他的人是紀景揚和李辭沒錯，但他與兩人之間無形的關聯，不如何時也變得淡而縹緲，彷彿他生來便是孑然一身，不該和世間的任何人產生多餘的牽扯。

他感覺得到，這座山上有屬於他的東西存在，應該去拿回來。

可是拿回來之後呢？他又該做什麼？

一股空虛的無力感蔓延過全身，紀洵往後退了兩步，不經意地撞上了一個寬闊的肩膀。

就在這瞬間，他模糊地找到了自己與世間的關聯。

幾乎是本能的動作，紀洵抓住了常亦乘的手。他抓得很緊，彷彿溺水的人不肯放開最後一根稻草，手指把男人的皮膚勒出一圈紅印。

常亦乘愣住片刻，手中略加了幾分力度，撐住紀洵站穩。

他想像過紀洵記憶復甦後會做什麼。

也許會無所謂地笑一笑，也許什麼都不說，轉身踏上去找紀卓風算帳的路。

那麼多的設想裡，都沒有出現過眼前的一幕。

遺忘過又回憶起的層層歲月虛影壓在紀洵身上，只有離得最近的人，才能看見他紛雜的情緒。初升的晨光將那雙眼睛中的混亂與脆弱照得分明，勾出了常亦乘心底深處的貪執，也勾出了他眉間四溢的戾氣。

「什麼都別想。」常亦乘低聲勸道，「你太累了，先睡一覺。」

紀洵搖頭，聲音很輕：「你哪來的膽子，敢闖進雷池陣？」

常亦乘一愣，久久沒有回答。

紀景揚全程聽得雲裡霧裡，可哪怕他神經再粗，也聽出紀洵剛才那句話談論的絕非是近幾天在嶺莊發生的事，那更像是很久以前發生的過往。

紀景揚碰了李辭一下，小聲問：「老實告訴我，他是不是被什麼東西寄生了？」

除了被靈寄生導致的混亂，紀景揚想不到第二個理由來解釋紀洵的微妙變化和胡言亂語。

李辭：「……」

有時候他不得不佩服紀景揚的直覺，雖然方向不對，但還真的被他猜中了。

見他神色不對，紀景揚急得直拍大腿，「那還愣著幹什麼，趕緊把人帶回觀山啊！剛被寄生的時候救回來的希望還很大，別再耽擱時間了。」

李辭攔住他，正猶豫著該不該把真相告知紀景揚，眼角餘光就瞥見常亦乘以手作刀，直接敲暈了紀洵。

迎著兩人驚訝的目光，常亦乘把人橫抱起來，經過他們身邊時腳步稍停，看向了樹幹上躲藏的一隻深褐色蜥蜴。蜥蜴一雙豎瞳驟然睜大，根本來不及躲避，它只看見刀光一閃，細長的身體就被分成了碎片。

一眨眼的工夫，無量飛回了常亦乘手中。

他皺緊眉頭，明白了紀洵之前忽然望向遠處的動作。

紀卓風在這裡。

換作以往，常亦乘絕不會放過任何殺死紀卓風的機會，但此時他看向懷裡的人，終究還是徑直往嶺莊的方向走去。

紀洵做了一個很長的夢。

夢裡他不叫紀洵，出現在周圍的也不是人，而是一個又一個的靈，而他們稱呼他為長乘。

那些靈在夢境中來來往往，不斷出現又消失，到最後包括他在內只剩下五個靈。其中有一個和嶺莊見到的巨大新娘長得很像。她斜倚在潮濕的山壁上，長髮與霧瘴纏繞不分，開口時，細小的牙齒摩擦出玉石碰撞的清脆聲響：『長乘，都寫好了？』

紀洵聽見自己回答：『好了。』

他低下頭，只見自己手中握著一支毛筆，那應該是普通的毛筆，被他拿在手裡，卻能在身前的青色石碑上寫下入木三分的蒼勁字跡。

石碑最後一行墨蹟未乾，紀洵只掃了一眼，便莫名認定那應該是約束靈師一行的規定。

『靈師身死，其靈歸於天地，他人不可得。』

紀洵在夢裡愣了愣，這跟他熟悉的觀山規定不太一樣。如果靈師一死，與他共生的靈就歸於天地了，又怎麼還會有殺人奪靈的事發生？

一隻停於梧桐樹上的三足金烏飛到石碑前，看過之後，流火的翅膀撲搧幾下，為石碑上的字跡鍍了層岩漿般的流光。隨著流光四散，字跡紛紛從石碑剝落，混進風中，飄向了目力

不可及的遠方，又彷彿落到了煙火塵世中每個靈師的腦海裡。

等紀洵再回過頭，先前聚在石碑周圍的靈已經在起身與他告別。

他叫住長相尤為豔麗的那位：『武羅，當真要走了？』

『我不是你，天之九德化形而成，生下來就只為護佑蒼生。』武羅側過臉來，金色耳墜在臉邊微微晃動，『如今世間的靈那麼多，願意與人交好的也不在少數。怎麼，還不肯放我們幾個避世歸隱？』

紀洵在夢裡笑了一下，問：『今後還會回來嗎？』

『今後的事誰說得清。』武羅也笑了笑，『興許哪天我厭煩了，就扮作人間女子，去找個如意郎君尋歡作樂，那時你若還活著，遇見了記得跟我討杯酒喝。』

那杯酒，紀洵知道他沒討到。舊友走後，他獨自行走於人世，見證了無數人的悲歡離合，就連朝代都不知更迭了幾許，也掃不盡世間眾生的苦痛哀愁。

但他沒料到，有朝一日再與舊友重逢，竟是武羅換上嫁衣大開殺戒。

從上古存活至今的神靈，只剩他們五位。而那天之後，便只剩下他一個。

並不是武羅迷途知返放過了他，而是危急關頭，體內能使枯木逢春的靈力保住了他最後一線生機。那場惡戰使他元氣大傷，恍惚中只記得要回去終年飄雪的昆侖，只有回到那裡，身上的傷才能完全癒合。

快到昆侖山下時，他終究支撐不住，暈過去了。

醒來後他發現自己躺在一個破舊的道觀裡，救他的靈師自稱姓紀。紀家的靈師知曉他不是平庸善靈，當即俯地跪拜，承諾願意世代奉他為神，只求他能夠指點一二。

夢裡的紀洵記得很清楚，他不希望被人當作神明供奉，他只是想還那人一個恩情。於是他把紀家的人帶回了雪山，自己既能慢慢養傷，也能讓紀家在靈氣充足的地方繁衍生息。

七年後，紀老當家去世，他的兒子紀卓風接了當家的位置。

夢境延展到這裡，紀洵在嶺莊睜開了眼。他緩緩起身，頭痛欲裂。

天還亮著，日光把守在屋外的身影照在牆上，一如記憶中那般挺拔如松。

紀洵披上外套，推門而出，果然看見常亦乘又守在門外。

兩人的目光在空氣中碰到一起，紀洵的心忽然往下一沉。

「我做了一個夢。」他靠在門邊，輕聲說，「夢裡我不是人，而是一個活了很久很久的靈。常亦乘，告訴我，我到底是誰？」

常亦乘看著他，腳下如有千斤重，很久後才沉默地走到他面前，在他掌心裡寫字。

指腹的薄繭摩挲過他的掌紋，讓紀洵的呼吸也隨之慢了下來。他清晰辨別出男人在他皮膚上落下的筆劃，終究還是輕輕嘆出了一口氣。

長乘。

他已經太久沒想起這個名字了。以致於唇齒間默念出這兩個發音時，他依舊感到一陣強烈的陌生，好像在漫長的歲月裡，他叫過許多名字，卻唯獨不是這一個。

「我怎麼了？」紀洵問。

常亦乘抵在他掌心的手指一頓，下頷繃得很緊，遲遲不願開口。

紀洵沉思片刻：「是寄生？」

常亦乘沒有回答。

紀洵居然沒再堅持追問，只是靜默幾秒後又問：「你是什麼時候認出我的？」

「懷疑了很久，在望鳴山的時候才確定。」常亦乘抽回手，不自在地捏了下喉結，「只有你的靈力，才能調動你留給我的清心陣。」

紀洵很淺地笑了一聲。他還是沒能想起所有的事，但隨著常亦乘說出「清心陣」，過往的一幕便在腦海中翩然浮現。

那時他看出常亦乘身上有與死前的武羅相同的鎖鍊印記，卻沒想到兩者之間的血緣關係，只是想著，這大概是某種靈留下的詛咒。

當初他救不了武羅，後來他更不想讓常亦乘步上武羅離奇瘋癲的後塵。

總算不枉他一番苦心，清心陣當真在他出事後，護了常亦乘這麼多年。

可是他不會忘記，紀卓風引他入雷池陣那天，他的魂魄將散未散的那一刻，闖進陣來的常亦乘，神態瘋得跟最後的武羅如出一轍。

紀洵抬起眼，望過去的目光滿是無奈：「我告訴過你，你召不到善靈共生，恐怕就是與靈有關。還沒探清自己的真身，就連紀卓風布的雷池陣都敢闖，你不要命了？」

常亦乘抿緊唇角，聽出這番話裡有些許責備的意思。語氣不重，比起訓斥，似乎更多了些說不清、道不明的曖昧原由，但他不敢胡亂猜測。

紀洵深吸一口氣，明明之前還說回頭再跟他算帳，可真面對面站著了，更重的話他也說不出來。末了，只能清清嗓子：「這次的事，多半是紀卓風布的局。」

「嗯，特案組在河邊發現了柳姑的屍體。」常亦乘停頓半拍，「我也看見了他的蜥蜴。他是衝著你來的，你別去找他。」

從理智的角度考慮，紀洵才剛醒過來，許多細枝末節的頭緒還沒理清，恍恍惚惚的狀態下，確實不該立刻跟紀卓風對上，可是嶺莊還有其他人在。

紀洵想了想，說：「你帶紀景揚他們離開……」

話還沒說完，常亦乘就直接打斷他：「然後留下你一個人？」

紀洵哽了一下，他可能還沒從男大學生的身分裡完全脫離出來，猝不及防被常亦乘揭穿內心的真實想法後，居然沒想好要怎麼把話圓過去。

「我說過不會再讓你出事。」常亦乘把聲音壓得很低，「你靈力還沒恢復。紀卓風，我幫你殺。」

然而紀洵聽完卻搖了搖頭：「我要他活著。」

常亦乘：「為什麼？」

「我以前……」紀洵揉揉眉心，「和武羅他們，定過約束靈師的規矩。」

在他們還能管束靈師與靈的時代裡，殺人奪靈一事，從根本上就不會發生。有人篡改了他們定下的準則，紀卓風不過一介尋常靈師，不可能辦到這一點。

他的背後，還有人。

東西落地的聲音，打斷了兩人的對談。

紀洵回頭，看向從拐角處滾落出來的手機。手機殼和它的主人一樣，都是讓人很難忽視的浮誇風格，就差大大咧咧地把名字寫在上面了。

空氣安靜了數秒。紀景揚從拐角處走出來，彎腰撿起手機，直起身時目光掃過紀洵，停頓片刻後又尷尬地收了回去。

他不是故意偷聽，也只聽到了最後一、兩句話，但隻言片語傳遞出來的訊息量，就足夠讓他嚇掉手機了。

紀洵說約束靈師的規則是他定下來的……這是什麼概念？

等於說，紀洵如果哪天不高興了，心血來潮再加個「與靈共生者當場暴斃」的規矩，靈師一行恐怕都沒有還手之力。

再聯想半小時前回嶺莊後，李辭說過的話。

『紀洵被寄生不假。可你要是真的為了他好，就別急著通知觀山。』

紀景揚不解：『被寄生了還不叫人來救，是要眼睜睜看著他送死嗎？』

李辭意味深長地看他一眼，沒說話。

那短暫的瞬間，浸骨的寒意從紀景揚腳底竄了上來。李辭並非不分輕重緩急的人，他能鎮定地坐在那裡阻止自己去向觀山求助，說明紀洵根本不需要治療。

什麼情況下，被靈寄生的人可以無須治療？

答案很簡單。

——早就被靈占據了身體的人。

紀景揚臉色「唰」地變得煞白，李辭輕聲解釋：『他從一開始就不是紀洵。你想一想，如果被觀山知道了，會有什麼後果。』

一時之間，紀景揚根本無法接受。他從小看著紀洵長大，紀家所有人裡面，也只有他與紀洵最為親密。他為紀洵在家中備受冷落的待遇打抱不平，為紀洵有希望成為靈師而發自內心地喜悅，可現在卻告訴他，這個人根本就不是他的弟弟。

所謂的紀洵，甚至連人都不是。

隨後的二十多分鐘裡，紀景揚無數次拿起手機又放下。

最後一次點開手機螢幕時，他到底還是沒能按下撥往觀山的電話號碼。

『這件事你說了不算。』紀景揚站起來，『我要當面問他。』

結果滿腔疑問還沒來得及說出口，他就先無意中聽見了紀洵與常亦乘的交談。

傻站著也解決不了問題。紀景揚把手機揣回口袋裡：「你……」

話到嘴邊又問不出來了。你為什麼要寄生到紀洵身上？你是善靈還是惡靈？你一直不肯叫我哥哥，是不是覺得我不配？

各種思緒紛沓而來，想到後面，紀景揚都對自己感到無言了，這都是些什麼亂七八糟的問題。他一咬牙，乾脆撿了個最直接的：「這麼多年，你是故意騙我的嗎？」

紀洵看著他：「不是，我也是才剛想起來。」

紀景揚愣了一下，點點頭：「行，那就沒事了。」

「……」紀洵眼神裡掠過幾分詫異，「這算是不計較的意思？」

紀景揚鬱悶不已，抬手把頭髮揉得比鳥窩還亂，最後半是無奈、半是自暴自棄地吼了一句：「我可是看著你長大的，能跟你計較什麼啊！」

世界上恐怕只有紀景揚敢在長乘面前說，自己是看著他長大的。

紀洵忍不住笑了一下，眉眼彎起的淺淡弧度扎進常亦乘眼裡，也攪亂了他的心。

從前以紀相言的名字住在雪山時，在外人面前，長乘很少會這樣笑。甚至剛開始，在常亦乘面前，他的笑容也只是為了安撫小孩而展露出來的善意。

不知長乘真身的晚輩，卻也個個知曉他來歷非凡，見了他自然都是小心謹慎，連空氣裡都能傳遞出肅穆的冷意。而知道他真實身分的人，見了他更是連頭都不敢抬高半分，真把他當神明供著，唯恐怠慢了絲毫。

有一回常亦乘問過他：『你為什麼每次下山都是獨來獨往？』

『我在世間沒有牽掛，日子久了，就習慣了。』

『紀家的人……不是你的牽掛？』

『他們對我有幾分真心，我看得清。』

那天長乘倚在窗邊，皚皚白雪將他的雙眸染出純澈得近似於透明的顏色，很美，但是又清冷到孤獨。或許就是在那時，常亦乘有了個很不自量力的念頭。

念頭剛誕生的那一刻，只是某種朦朧的認知。他想成為他的牽掛，卻不知該怎麼做才能辦到。當年的他所能做的，就是乾脆把東西全搬去了長乘的住所，從此在那裡住了下來。

他願意在長乘外出時，幫忙守著這個地方，就像他願意站在長乘身後，一步步看著他的背影，哪怕明知自己追不上，也一直那麼看著。

可惜後來看不到了。

常亦乘垂下眼眸，低聲問：「走嗎？」

「你們要去哪裡？」紀景揚迷茫地問。

「找紀卓風。」紀洵看他一眼，截住了他接下來的話，「這事因我而起，你們別來。」

◎

記憶恢復大半後，紀洵的腳程也快了許多。

他沒有去十幾里外的山峰找紀卓風，而是順著柳姑留下的那張地圖，從常亦乘父母長眠的那處棺材往下，順著一條狹窄崎嶇的山道，去了他們沒有探索過的深淵。

同他之前用霧氣觸碰到的感受一樣，深淵果真沒有生命的跡象。荒蕪的植被乾枯已久，用手輕輕一碰，就裂成齏粉隨風飄散。站在深淵底部往上望去，猶如置身於幽暗的井底，滿是壓抑的氣息撲面而來。

不過乾裂的地面與山壁上，隨處可見有誰爬動過後遺留下來的痕跡。痕跡拖曳得極長，明顯能夠看出，被困在深淵裡來回爬動的那人，身材十分高大。

常亦乘呼吸微沉：「是她？」

紀洵「嗯」了一聲，得知昔年舊友的屍身被青煙鬼如此戲弄，他的表情也很不好看。

只是與怒意同時在心中升騰而起的，還有一絲強烈的不解。

要知道，青煙鬼是生性頑劣的靈。以前的靈師之所以不愛與它們共生，就是因為它們太愛惡作劇，又喜新厭舊，通常沒了新鮮感就要換其他屍體操控，根本不聽靈師的指揮。但是在武羅身上，青煙鬼卻違背了它們的天性。

先前他就覺得奇怪，武羅第一次出現在嶺莊是三十幾年前，而書生用七棺陣作祟則開始於一年前。青煙鬼會控制同一具屍體長達三十多年嗎？

倘若紀卓風以它們的性命威脅，倒是有這個可能。可是……

「我依稀有些印象，這些年來我總是寄生於別人身上。」紀洵沒注意到常亦乘臉色猛然一變，只是緩聲分析道，「可三十多年前，『紀洵』還沒出生。紀卓風的局，會不會布得太早了一些？」

常亦乘停頓半拍，才說：「不是紀卓風。」

紀洵點頭，這樣就說得通了。當初讓武羅出現在嶺莊的另有其人，就連柳姑撿到的金簪裡的青煙鬼，多半也是那人留在棺材裡，以防武羅回棺的。

如此一來，嶺莊不再鬧鬼，也跟他們做的那套嫁衣沒有關係。全是柳姑取走了金簪，也一併帶走了青煙鬼，她又不知道其中詳情，陰差陽錯便沒再控制武羅。

三十多年後的紀卓風，不過是效仿那人的手法再次布局。

紀洵沉吟片刻，忽然抬眼：「你怎麼確定不是紀卓風，你來過嶺莊？」

他剛才忙著思考武羅與青煙鬼的事，一時疏忽居然沒能留意，常亦乘那句話說得格外肯定，彷彿自己親眼見證過一般。

常亦乘：「沒有。」

簡短兩個字表示完否定後，他就不說話了。他向來是話少的人，但他神色間一閃而過的隱瞞意味，這次卻沒能逃過紀洵的眼睛。

從前他剛把常亦乘帶回雪山時，其他人總愛說這小孩陰沉，心裡裝了太多事。當時的紀洵並不這麼認為，他反而覺得這小孩藏不住事，一個眼神望過來，他就知道他在想什麼。比如想要他手裡的糖，比如想躲到他的住處不見旁人，比如守在山腰那棵松樹下，想早點見到他。

但是漸漸的，他又看不懂常亦乘了。昔日單薄的少年長成了容貌英俊的青年，不知為何跟他說話，也養成了說一分藏三分的習慣。

曾經的長乘看不透他心中所想，如今的紀洵也沒有十足的把握。

他沒再追問，轉身沿山道往上走。

常亦乘一聲不吭地跟在他身後，低垂的視線忽而看到前面的人停下腳步，耳邊也聽到紀洵溫和的聲音：「說起來，武羅欠了我好大的人情。」

常亦乘：「是嗎？」

「你是她的孩子，我多少也養了你那麼多年，」紀洵轉過身來，笑了笑，「這樣不算她欠了我人情嗎？」

常亦乘靜了幾秒，正想開口，紀洵又接著說：「不過總歸養得不算太好。」

他畢竟是個靈，很長一段時間又把常亦乘當成普通人類的孩子，那十幾年裡自己都不知道是怎麼回事，反正糊里糊塗地一晃眼，常亦乘的個子就比他還高了。也是直到那時候他才發現，這孩子好像被他養歪了，身邊連個朋友都沒有，同齡的師兄師姐都在靈師界裡闖出一點名聲來了，常亦乘卻連雪山都沒離開過半步。

紀洵站的位置比常亦乘高幾步，久違地能垂眼望著他：「記得我叫你下山那次，跟你囑咐過什麼嗎？」

常亦乘唇角抿成直線，過了一會兒才緩緩點頭。

他一刻都沒有忘記過。

長乘對他說：『你該去看看世間。這世間不止有雪山一個地方，外面既有煙雨江南，也有大漠孤煙。它們不全是你見過戰時的滿地瘡痍，還有許多市井繁華，你都沒見過。』

常亦乘沉聲問他：『你要趕我走？』

『誰捨得趕你。』那時長乘笑著回道，『只是你總該去見見更多的人，看看他們的喜怒哀樂。等你明白了紅塵眾生究竟為何物，才不枉來人世走一趟。』

緩緩抵到胸前的手指，喚回了常亦乘的思緒。

常亦乘一愣，對上紀洵平靜如水的眼睛。紀洵看著他：「也不知道這一千年你是怎麼過的。反正我看你還是跟從前差不多，讓你學的，一樣都沒學會。」

下一刻，紀洵藏在袖口中的另一隻手悄然掐指落陣。

被推出乾坤陣的剎那，常亦乘聽見那道溫和的聲音帶著笑意，輕輕拂過他的耳廓：「走吧，別跟過來了。」

山間的風都在這一瞬停了下來。

它們消失得突然，彷彿被人一併攏進了不見天日的乾坤陣內。

常亦乘的腦子裡「嗡」的一聲，像亙古的鐘聲驟然敲響，讓他剎那間明白了。

這人是故意的。

紀洵從一開始就支走了其他人，知道拗不過他，就故意提起從前的事，趁他不備的時候再把他也拋下。

他要獨自去面對紀卓風。

乾坤陣內，紀洵的手還停留在推人離開的動作。

他低頭看著自己的手指，心念一動，將靈力幻化作喜歡的黑玉戒指樣式。沒有日光的環境裡，戒指不如平時通透，但他沒有嫌棄，而是收回手，習慣性地摩挲了戒指一圈。

然後轉身，望向虛空處：「既然進陣了，就別藏了。」

他說話向來輕緩，這聲音卻眨眼間傳了很遠。

須臾過後，樹影晃動。紀卓風來得比他想像中更快，也許是迫不及待想把他體內最後的靈力也收走。

故人相見，紀洵眼中毫無波瀾，只是平淡地問了一句：「這次沒有布雷池陣？」

紀卓風嗤笑起來：「對付如今的你，用不著。」他抬手召出布袋翁，語帶輕蔑，「你們相識一場，不如讓它先來試試你的本事？」

布袋翁鬆垮的嘴微微張大。它無論如何都沒想到，傳說中的上古神靈，居然會是在望鳴山遇到的那個年輕人。

布袋翁不想與紀洵為敵，口中喃喃念道：「殺了老朽……」

它是善靈，被人強行共生已是百般不願，如今又被靈師命令與對自己有恩的人開戰，更是叫它情願一死。只要它死了，紀卓風的傀儡就會灰飛煙滅，就算這樣殺不了紀卓風，也能讓他變回洞穴裡那具破爛的屍體。

布袋翁直勾勾地盯緊紀洵：「快殺了老朽。」

紀洵回望過去，搖了搖頭。

紀卓風見狀，冷哼一聲：「長乘啊長乘，看來你還沒吃夠心慈手軟的教訓。」

「是嗎？」

紀洵隨意地應了句，話音剛落，指間霧氣呼嘯如風，直沖雲霄。他掃了紀卓風一眼，眼尾微勾，笑得像個與世無爭的普通大學生。

「有沒有一種可能，我不需要殺它，也能斷了你跟它之間的關聯？」

NOT A HUMAN

第九章 憑什麼趕我走

私はたぶん人ではない

私はたぶん人ではない

NOT A HUMAN

紀卓風心中驚懼了一瞬，嘴角也不受控制地頻繁抽搐。

體內有股靈力攜著澎湃之勢，掃蕩過他每一寸神經，既令他心安，又叫他心慌。兩種截然相反的情緒在他心口碰撞翻攪，全因那股激蕩的靈力就來自於長乘。

離了長乘的軀殼，那些靈力不過就是任他驅使的力量而已，這些年來他用得很習慣，也很喜歡。要是沒有它們，紀卓風根本等不到布袋翁的出現，恐怕早就成了洞穴裡的腐肉枯骨，可那到底不是他的東西。

紀卓風知道此次是破釜沉舟，若不能成功，等待他的便是萬丈深淵。濃稠的黑霧從紀卓風腳下如墨般暈開，頃刻間便仿若潮濕的沼澤鋪滿了他的身周。一個接一個的靈從濃霧中現身，層層鋪散出去，像百鬼列陣般呈現在紀洵面前。

數量之多，連紀洵都恍惚了一下。這些靈裡，既有他在望鳴山見過的、與屈簡和謝錦共生的靈，也有紀卓風自己曾經四處收集而來的靈。還有某段短暫而模糊的回憶裡，靈師人人自危的年代裡，那些強行被人奪走的靈。

口不能言者，神容哀淒。剩下的則跟布袋翁一樣，聲聲重疊地懇求他「殺了我」。

數不清的聲音匯聚成河，流淌進紀洵耳中，便是天地慟哭的喧囂滄鳴。

紀洵的臉色冷了下來。

好一個「殺人奪靈，有違天道，死無葬身之地」，原來是成全了紀卓風一個人的貪欲。

這一刻，紀卓風放聲大笑。

被上古神靈威壓震懾的天然恐懼，終於在此時悉數散盡。

是啊，他有什麼可怕的。就算長乘能護住布袋翁，帶它撐到與其他靈師共生之時，眼下有這麼多靈，他還護得過來嗎？現世的靈師只有那些，其中靈力深厚到能容納更多靈的，又有幾人？

不顧天資強行共生，最後怕是人死靈散，兩敗俱傷。

「你渾噩度日千年，還當自己是受人尊崇的神靈？不過是個寄生於死胎的鼠輩，還敢在我面前大放厥詞！」

猖狂笑聲橫掃過周遭怨恨交織的嗚咽，紀卓風揚手指向身後，「長乘，你自己看看。這裡全是同我共生的靈！你斷了我與它們的關聯，就是叫它們孤苦無主，就是放它們去死！」

能夠和靈師共生的，本來都是即將油盡燈枯的靈，一旦離開靈師，它們撐不了太久。

紀卓風眼中躍動著狂喜的光彩，他敢以性命打賭，紀洵下不了手。

畢竟那可是長乘，心懷蒼生、博施濟眾的神靈。慈悲和憐憫是他與生俱來的天性，也是即將徹底毀了他自己的礙事品性。

眼看紀洵低垂眉眼，任他肆意嘲罵也無動於衷，紀卓風每一根興奮的神經都忍不住蠢蠢欲動。「想報仇就要害死那麼多靈，很痛苦吧？我能幫你解脫，把剩下的靈力分給我，我會念在你有功，留你一條性命，讓你生生世世都做寄生死胎的廢物。」

四周陷入了一片死寂。

被紀卓風奪來的善靈紛紛停止哭泣，鋪天蓋地的絕望在它們之間傳染開來，讓它們再也發不出絲毫聲音。

令人窒息的沉默持續了許久，終於有人開口。

「啊，我想起來了。」

說話的人是紀洵。

他緩緩抬起眼，斟酌了一下語氣，最終還是臣服於如今的習慣，誠懇地說：「不好意思，剛才各位有點吵，當然主要是紀卓風嗓門太大，讓我沒辦法專注思考。」

善靈們：「……」

紀卓風：「……」

「但也要謝謝你，要不是你一直提到『寄生』，我也沒辦法這麼快就想到這個。」紀洵說完，還讚許般地點了點頭，左右兩枚精緻的耳環也跟著閃出微光，扎得紀卓風目眥欲裂。

可是聽完接下來的話，紀卓風就顧不上憤怒了。

因為紀洵笑著問：「你知道嗎，世間最早的一批靈師，其實就是供靈寄生的容器。」

紀卓風眉心擰緊：「不可能。」

「是我親眼所見，怎麼不可能。」紀洵淡淡地掃他一眼，語氣中帶著不容置疑的威嚴，「紀卓風，想試試做容器的滋味嗎？」

話音未落，乾坤陣中罡風四起！

紀卓風眼前突然一片漆黑，他徒勞地揮舞雙手，試圖召集與自己共生的靈撲向紀洵，卻看不見它們全被更純粹的靈力壓制得無法動彈。又或許，是它們自己選擇了拚盡全力和本能對抗，不願在此時為他效力。

濃烈的黑霧捲進四方呼嘯而至的風裡，霎時化作無數薄如蟬翼的刀刃，又像數之不盡的綿綿細雨，盡數落向了紀卓風一人。紀卓風只覺得全身的筋脈都在這一秒，被驟然撕開了一個大洞。

「不、不——！」

瞬間加諸於身的痛苦，都抵不過靈力朝外湧動的動靜更讓他感到恐懼。

他支撐不住，虛脫地跪倒在地。腳下震顫不止的大地揚起漫天飛塵，一層層地將他包裹在內，禁錮住他的手腳，也封住了他的眼耳鼻口，徹底斷絕了讓他知曉外界的五感。

他的意識還在。

他想站起來殺了長乘，他想衝出乾坤陣，躲回洞穴，他更想痛哭流涕、大聲求饒，以換取那個以慈悲著稱的神靈的憐憫之心。

可是他什麼都做不到。

供靈寄生的容器。

此時此刻，紀卓風終於懂了這句話的含義。

這是比千刀萬剮還要殘忍的酷刑，真正的求生不得，求死不能。

而在他無從感知的外界，成百上千隻靈同時抬頭，萬分詫異。它們能感覺到自己脫離了靈師的束縛，卻又能繼續汲取對方身上的靈力以供生存。

紀洵看向被塵土封閉的紀卓風，微微皺了皺眉頭。放在以前，他萬萬想不到自己有朝一日，竟會啟用如此狠毒的招術，而事實上，這才是靈師一行最初的面貌。

世間有能通陰陽者，被稱為靈師。靈師天賦異稟，其力取之不竭，但凡其肉胎未亡，即可供將死之靈延壽數年。那時的靈師哪敢輕易暴露天分，他們東躲西藏，唯恐被靈抓去製成容器，變成塑像一般的活死人。

紀洵無聲地嘆了一口氣，傳出一道心音，講給紀卓風聽。

『雷池陣，本來是靈師為了活命，造出來反制靈的陣法。從前靈師不願被靈奴役，和靈一見面，就是你死我活的廝殺。』

兩者之間的紛爭，最終連累了江海滔天，山崩地裂。是上古時期誕生於世的諸多神靈，不願見世間萬物再被牽連，以它們的性命做為代價，落下了一個貫穿天地的陣法。

共生陣。

就像人有好壞之分一樣，那些以身落陣的神靈明白，靈的善惡終究是無法掌控的。

『願意受共生陣感召的靈，就能和靈師共生並存。不願意的，就去做它們的惡靈，逍遙無邊。』紀洵一字一句說得平靜，卻如陣陣洪鐘敲響在紀卓風的意識中。

『那時我還小，和武羅它們被留了下來，看守共生陣。也順便管著大家，別破壞了世間的平衡。

『但也是從那時候起，善靈和靈師之間就已經是平等的關係。』

沒有誰該被誰奴役，也沒有誰能做誰的主人。

『你不該痴心妄想要淩駕於靈之上。你也不該用雷池陣害我，想奪走我全部的靈力，去滿足你的野心。你更不該殘害那麼多靈師，讓他們無辜枉死。

『紀卓風，你罪有應得。』

紀洵收回訓斥的心音，抬頭望向濃雲密布的蒼穹，輕聲自言自語：『以前說你狂妄，你還不信。以為有我半數靈力就能殺了我，連雷池陣都不準備。』

但這麼愚蠢又自大的人，到底是怎麼琢磨出早已失傳的雷池陣的？

紀洵看向五指間纏繞的黑霧，慢慢一根根彎起手指，將它們收回來的同時，心想回頭還得慢慢審問紀卓風。

至於現在……一抹尷尬的神色浮現在紀洵臉上，他背過身，不想被那些還處於發愣狀態的靈圍觀，心情微妙地清了下嗓子。

是真的很尷尬。

他以為紀卓風肯定會準備好雷池陣等他，才直接把常亦乘推走，結果眼下這個情況，他都不敢想像出去後，常亦乘會用什麼表情看他。

算了，躲是躲不掉的，總不能一輩子困在這個陣裡。

紀洵咬了咬牙，正想收陣出去直面慘澹的人生，眼前的景象突然交錯混亂了剎那，這是有人從外面強行突破進來的信號。

紀洵一驚，來不及回頭，肅殺狂氣就伴隨著一股強勁的力道，把他直接撞到了面前那棵高大的松樹下。

「……」

上古神靈差點當著大家的面，罵出一句極具現代特色的髒話。

他好不容易剛把那幾個字咽回喉嚨，視野又忽地一換，整個人猝不及防地被擰著翻了個面，變成了背朝樹幹的姿勢。常亦乘雙眼通紅，咬緊的下唇滲出一層血跡，像恨不得把他生吞活剝了似的，按得他的手臂都痛了起來。

紀洵莫名慌了一下。偏偏他現在多少有了點神靈的包袱，表面還強裝鎮定地調侃：「實力真是長進了不少，連我的乾坤陣都能攻破。」

常亦乘目光陰沉地盯著他，手中的無量飛出，砍斷了附近幾棵大樹。

大樹倒地掀起的塵土久久不散，蓋住了周圍那些靈的目光。

開口之時，常亦乘的嗓音嘶啞得能淬出血來，「你又把我趕走了。」

紀洵不知道這個「又」字從何而起，更記不清為什麼千年前，他讓常亦乘下山歷練這件事，長久以來卻始終被常亦乘認定成是他趕走了對方。

這時他雙手被常亦乘禁錮在身後，不是完全掙脫不開，只是眼看常亦乘喉結處泛起刺眼的金光，就知道今天自己險些就把人給氣瘋了。於是他換上溫和的語氣，順毛般地安撫道：「今天是我不對，但上回……」

不等他把話說回來，常亦乘的喉結就急促地滾動幾下，打斷他：「你不是想知道，這一千年我是怎麼過的嗎？」

紀洵愣了片刻，一些細枝末節的回憶湧上心頭，讓他生出了不好的預感。

「我不信你會魂飛魄散，想出去找你，又怕紀卓風先我一步找到你。」常亦乘身體往下一壓，距離近到兩人的呼吸都快交纏不清，「我在你出事的地方，布下了乾坤陣。」

紀洵的瞳孔猛地一縮，他多麼希望自己能變回那個一無所知的紀洵，這樣他就聽不懂、也意識不到常亦乘這番話裡的含義。

「紀卓風的蜥蜴能讓他起死回生。」

「這一千年，他活過來多少次，我就殺了他多少次。」

「我跟他，都沒踏出過乾坤陣半步。」

常亦乘抓住他雙手的指尖又一用力，力氣大得幾乎快磨破他的皮膚，紀洵卻感覺不到絲毫的疼痛。他只能被迫感受著常亦乘起伏的胸膛，看著男人蒼白唇色間那些觸目驚心的血絲，聽他在自己耳邊低啞地說出事實。

「你說的江南煙雨、大漠孤煙，我一次也沒看過。」

「之前不肯告訴你，是怕你難過。」

「要是早知道你有這樣的打算，認出你的那天，我就會把所有的事全告訴你。我就是要讓你愧疚，讓你覺得我可憐，讓你狠不下心再一個人拋下所有去涉險。」

常亦乘眼中的瘋狂如一柄磨礪到極致的尖刀，直直刺入了紀洵的心臟。

「好不容易見到了，你憑什麼又趕我走？」

◎

可能是太久沒有離開過雪山，也可能是隱約猜到自己不是人，常亦乘記得他下山後，對所謂的紅塵眾生並不關心。

他還是同在山上時那樣，漠然地冷著一張臉，偶爾身處鬧市之中，也感受不到別人的喜怒哀樂，只在心裡盤算，哪天回去才不算太早，不至於又被長乘趕下山來。

有天晚上他路過一處荒村，順手救了個被惡靈追殺的靈師。靈師自稱姓謝，本事不怎麼樣，話卻說得很密，一口一個「恩公」地叫著他，又是邀他去家中挑選靈器以做為謝禮，又是再三詢問他的師門，說要改天登門拜謝。

常亦乘覺得煩厭得不得了，只說自己姓常，其餘的任憑對方如何追問都不願意說。一來他對陌生人有所戒備，二來他心裡也沒把紀卓風當作是師父，更不覺得自己算是紀家的人。

百般無奈之下，姓謝的靈師只好遞上一支香，「此香名為烽火香。他日恩公有難，只需點燃此香，謝家必定為恩公竭盡全力，萬死不辭。」

那時的常亦乘還不知道，千年後他當真有需要點燃烽火香的一天。

他完全是抱著「收下香就能打發走這人」的想法，不甚在意地收下了烽火香，遠眺著視線盡頭那座張燈結綵的小城，順便問了一句：「亮著燈的那裡，是什麼地方？」

謝姓靈師想了想：「近來戰事初平，今日又是正月十五，城中不設宵禁，想必百姓正在鬧花燈呢。恩公要去瞧瞧嗎？」

常亦乘問：「好玩嗎？」

謝姓靈師愣了一下。正月十五鬧花燈的習俗由來已久，民間小孩都知道這一天街上最是熱鬧，眼前的年輕靈師卻像沒聽說過似的，還一本正經地問他好不好玩。

他思忖片刻，猜測常亦乘恐怕是高人門下的弟子，從小就住在幽靜的地方，沒見識過這些活動，但到底年紀小，難免有些好奇心。於是他便把五花八門的元宵習俗，滔滔不絕地講了個遍。

聽到最後，常亦乘臉上也沒什麼表情，只點了下頭說：「那就去瞧一眼。」

他不是真的對別人口中描述的熱鬧場景感興趣。

他只是想長乘了。

想早點回去，又擔心回去後如果被對方問起自己見識過什麼，會一個字也答不上來。常亦乘當時完全是以應付交差的心態，走進了那座小城。

他向來不喜歡人多的地方，只因他個子高，放在千年前的人群裡，更是顯得尤其突兀。別人看他像在看異邦來的雜耍班子，眼睛裡充滿了窺探和打量的意思。

但是那一天，他忍受著周圍異樣的目光，擠在人群裡看完了花燈。

大概是在某個瞬間，腦海中忽然閃過的念頭，讓他想到長乘每回下山，總是去荒蕪凋敝的地方找靈，或許長乘也沒親眼目睹過鬧花燈的景象。

他站在熙熙攘攘的街頭，一點一點地記住了視野中看到的所有細節，想回去講給長乘聽。

那晚燈市散後，常亦乘便啟程回去。

他來時用了半個月，返程則只花了十天，一路趕回雪山。紀家靈師眾多，除了紀卓風那一脈的弟子能住在山上，其他旁支大多都住在山下的村子裡。

上山前，他特意問了一位路過的靈師，紀相言這大半個月有沒有外出。對方告訴他，有人剛好看見紀相言昨日回來了。

那天的雪下得很大，天色陰沉，其實不是一個上山的好天氣，常亦乘卻走得很快。他的袖口裡裝著一個在燈市上買的泥人，泥人捏得很精緻，眉眼間有幾分長乘的神韻。他還有許多鬧花燈時的所見所聞，都迫不及待地想講給那個人聽。

可是他披星戴月地趕回來，迎接他的卻是一片死寂。

山上一個人也沒有，數十間屋子裡都空空蕩蕩，本家的靈師全部消失無蹤。從踏過山門的那一刻，只有路邊數次出現的汙濁血跡，向他昭示著山上發生過什麼事情。

雲層低矮壓下，常亦乘站在雪地裡，心慌莫名。他顧不上泥人從袖口裡掉了出來，轉頭往山峰處狂奔，只想去長乘的住所確認一眼，那個人還在不在。

當他趕到的時候，桌上的茶還溫著，門前卻有深淺不一的幾行足跡，這告訴他，不久前有人來了這裡，叫走了長乘。

後來千百年的歲月裡，常亦乘無數次問過自己，如果他不去看那場燈會，那麼他是不是能在紀卓風騙長乘離開前就趕回去。又或者他堅持不肯下山，是否能察覺出紀卓風那晚拜訪時神色中的異樣。

還是他從一開始，就不該跟長乘回來。

紀家的恩情，長乘多年前便還盡了，身上的舊傷也早已痊癒。他是靈，沒人可以拘束他的來去，寒暑更迭那麼多年，把他困在山上、害他不能離去的所謂的牽掛，到底是誰。

那些足跡的終點，是雪山另一端山腳下的沼澤。

肆虐的狂風從四面八方奔襲而來，風雪盡頭，本家靈師數十具屍體分列為陣。那些多年來也與常亦乘親近不起來的師兄師姐，形同傀儡般被細線拉扯在最內一層。

而那些雜亂無章的細線，在常亦乘心跳驟停的剎那間，在他面前，如無數柄布滿冰霜的利劍，刺穿了長乘的身體。

血霧噴灑而出。

常亦乘喉間金光躍動，腦海中一片空白。

他什麼都來不及想，直接縱身跳入了那片風雪之中。

但是雷池陣中的一切發生得太快。

他迎著翻捲的雪刃，任由它們割開他的衣袍和血肉，也來不及在長乘身影潰散前，最後一次抓住那隻修長白淨的手。

源源不斷的純澈靈力齊齊湧向陣中張臂狂笑的紀卓風。常亦乘不知該如何解開雷池陣，只能憑藉那一瞬的直覺，斬斷了纏繞住屍體的細線，隨之而來的劇烈反噬撞碎了他的筋骨，但也止住了靈力的傳送。

地動山搖的巨顫中，紀卓風一掌劈開殺到他面前的短刀，想再把細線連接起來，卻被已然瘋到極致的常亦乘反撲在地。

常亦乘已經記不清那時候紀卓風召出了多少靈，他放棄抵抗，即使萬千痛楚加身，也只知道自己要用盡全力將短刀對準紀卓風。

廝殺之中，紀卓風怒吼：「滾開！」

常亦乘什麼都聽不見。

雷池陣的影響也能在他身上發揮作用，但他腦中只剩下唯一的念頭，就是要硬生生從如墜千斤的桎梏中掙脫出來，借著那股撕扯的力道，一刀扎進紀卓風的胸膛。

漫天風雪捲走了逐漸消散的靈力。

紀卓風眼珠上翻，死死盯著暗沉的天空，自知已是來不及，「畜生。」

常亦乘隨他謾罵，又是一刀捅進紀卓風的腰腹。翻攪的刀刃痛得紀卓風痙攣抽搐，他一口咬住爬到臉邊的蜥蜴，囫圇咽下去後放聲大罵：「紀十七，你有沒有想過他憑什麼制轄靈師！」

一刀落下，紀卓風慘叫不止。

「你這條瘋狗！」紀卓風披頭散髮，宛如癲狂，「他已經死了！」

刺耳的叫囂傳入常亦乘耳中，令他雙目都湧上了一層血色。可就在那層血色裡，他看見沾滿黏稠鮮血的無量上，最後一小片乾淨的刀刃。

刀刃如鏡，映射出他脖頸上的清心陣。

交織的符文仍在閃爍。他自幼被煞氣纏身，發作起來痛不欲生，又會理智全無。那是為了保護他不會徹底瘋狂，長乘用了一線靈力留在他身上的陣。

長乘說過，只要自己還活著，陣便不會消失。

暗啞的笑聲從常亦乘唇間溢出，聽得紀卓風心驚膽顫。

他暗自調轉靈力，讓靈趁機偷襲。這一次常亦乘沒能躲開，他被一隻岩石化作的靈砸倒在地，卻感覺不到疼似的，仍在放聲大笑。

紀卓風：「你瘋了。」

「我沒瘋。」常亦乘吐出一口血沫，抬手摸向突起的喉結，「他還活著，我不會瘋。」

話音未落，無量突然飛出，割斷了紀卓風的喉嚨。數隻蜥蜴前呼後擁地圍攏過去，要讓紀卓風活下來，那是紀卓風最滿意的靈。私底下他常想，這種靈能讓瀕危之人睡一覺後便起死回生，不比長乘的本事差多少。

常亦乘也清楚，自己此刻不過是強弩之末，再也提不起力氣去補上一刀。意識模糊的最後關頭，常亦乘布下了乾坤陣。

他緩緩闔上眼，似在告訴紀卓風，又似在提醒自己：「睡吧，你醒一次，我便殺你一次。」

從此以後，常亦乘守在屍山屍海的乾坤陣中，每次睜眼便是一次以命相搏的對戰。起初紀卓風有靈相助，許多次險些活活把他耗死，他就一個接一個地殺了紀卓風的靈。後來紀卓風便躲了起來，可無論藏到哪裡，常亦乘都能走遍雪山，把人找出來殺死。

他不知道長乘去了哪裡，也不知道過去了多少年。

歲月無聲地流逝，居住於山下的紀家旁支搬去了遠方，出現了新的紀當家，也出現了靈力全無的怪異空童。空童總是活不了太久，死後渾渾噩噩地遊蕩在生死邊緣，等待紀家下一個死嬰出現。

這一切，常亦乘都無從知曉。

有時他也會想，這麼多年過去了，長乘會不會已經忘了他。可那年的燈會還歷歷在目，他還沒來得及告訴長乘，自己在山下見過誰、遇到過什麼事，更沒來得及把那些越壓抑越瘋長的心意說給長乘聽。

也有些時候，他會出現幻覺。

幻覺中最常出現的一幕，是長乘把無量送給他的那天。

他在長乘的住所看書，卻無論如何都揣摩不出一句話的意思，一時專注居然忘了去山腰處接長乘。後來長乘推門而入，他回頭看見那抹身影，還沒說話就先笑了一下。

『見到我怎麼就這般高興？』長乘笑著拿出一把黑色短刀，遞過來，說是賠給他的。

常亦乘自己都快忘了。初見那天，他拿著一把撿來的破爛小刀，想借機殺了長乘，從對方身上找點吃的。結果還沒出手，長乘就輕而易舉地折斷了他的刀鋒。

長乘說那把刀叫無量，是從惡靈那裡得來的靈器。他不提那個惡靈有多凶狠，只與常亦乘閒聊幾句，就慵懶地靠在窗邊賞著月，解了衣袍，用霧氣替自己療傷。

還未入鞘的短刀照出窗邊的身影，常亦乘不敢多看。

他身體裡彷彿著了火，燒得五臟六腑都抽搐得生疼，只能死命地掐住指尖，強迫自己鎮定心神，繼續去看書上的字。

那是一首古人留下的詩。長乘進來前，他正重看到「風雨如晦，雞鳴不已」那句。

常亦乘的唇線繃得很緊，不由自主地又看了長乘一眼，才收回視線往下一行掃去。終於在那一刻，他讀懂了自己許久都沒能參悟的含義。

剛才長乘問他，為什麼一見到他就那麼高興，常亦乘不知該怎麼回答，不料書上卻早早給出了答案。

風雨如晦，雞鳴不已。

既見君子，雲胡不喜？

◎

紀洵當場愣住。

記憶復甦的幾小時裡，他確實想起了很多過往。

想起那晚紀卓風匆忙趕來山頂，說師門裡出了叛徒，勾結惡黨打傷了同門數人，還將傷者擄去山下，怕是要用活人煉什麼陰邪的陣法。

其實事後回想，紀卓風的謊言裡並不是沒有破綻，山上住的全是靈師，打起來不至於一點動靜都沒有。可哪怕紀洵向來不太喜歡紀卓風，他也想不到，紀卓風會以師門眾人的性命為代價，來布一個奪取靈力的雷池陣。

紀洵低估了人性的惡，紀家上上下下幾十位靈師，也低估了紀卓風的狠毒。

他們到死都不曾料到，殺人奪靈的絞魂線早就被埋藏在自己體內，只等時機成熟，紀卓風一勾手，數十條人命頃刻間便會灰飛煙滅。

當年紀洵不是沒懷疑過陣有問題，可那晚風雪太大，等他救人心切地一腳踏入了雷池陣的範圍，才發現陣中仍在掙扎的原來不是活人，而是由青煙鬼操控的屍體。

失去意識前，他模糊地看見了常亦乘。靈力被硬生生撕碎的痛苦讓他說不出話，只能在心裡想，還好是他先觸動了雷池陣，抵消了陣法大半的壓制。

這樣一來，就算常亦乘是靈，以他的本事興許也能全身而退。

誰知到頭來，他還是沒能猜透真實的結局。

常亦乘把千年的廝殺說得輕描淡寫，但紀洵卻清楚，不提紀家幾十位靈師的靈，光論紀卓風原本共生的那些，就注定每一次的過程有多艱險。

恍惚間，紀洵腦海中浮現出他頭一回去觀山找常亦乘的畫面。

那天常亦乘剛洗完澡，背過身去穿衣服，紀洵只是無意中瞥到兩眼，就看見他身上有許多陳年的舊傷。以前住在雪山時，明明不是這樣的。

紀洵皺了下眉，想說「何必如此」，可話到嘴邊，到底還是變成了一句：「不趕你走，一起回去吧。」

◎

與此同時，紀景揚正在盯著手機發呆。

紀洵說要和常亦乘上山去找紀卓風，還不許他們跟去，這些話他當然聽不得。等兩人前腳剛走，後腳就追了出來。

他出門的時候，李辭不知在想什麼，沒留意到他的動靜。對於李辭時不時出神想事情的習慣，紀景揚早就習以為常，他跟陪大虎去了附近特案組治療的謝星顏打了聲招呼，便一個人跟進了山裡。

結果這一下，他就被自己過於不足的實力嚇到了。

他是看著紀洵他們進山的，誰知兩人腳程快得如鬼魅般，他就差在後面拔足狂奔，居然也完全沒有追上。到了這時，就算紀洵不承認自己是靈，紀景揚也不會相信了。

很簡單，因為人走不了那麼快。

紀景揚氣喘吁吁地坐在路邊，回想來到嶺莊後發生的種種經歷，越想，就越覺得這事太過湊巧。

一切怎麼會那麼剛好。

剛好嶺莊作祟的鬼新娘和書生，就是常亦乘的父母；剛好常亦乘險些喪命，刺激寄生於紀洵身上的靈恢復了記憶；被觀山列為頭號通緝目標的紀卓風剛好也來了嶺莊。

不需要旁人提醒，光憑直覺，紀景揚就能認定。

紀洵、常亦乘、紀卓風，他們之間肯定有著某些不為人知的過往。

但那些過往，注定跟他無關。

從他小時候主動接納孤苦無依的紀洵，到少年時意外結識體弱多病的李辭，他希望的就是能保護好身邊的人。

這麼多年以來，他也早就清楚，自己就是個在靈師裡，實力排行排得不算前頭的平庸之輩。所以從理智的角度出發，紀景揚應該及時抽身離去，別參與這些超出他能力範圍的事。

可是不知為何，此時的他獨自坐在空曠的山間小道，有一股前所未有的直覺，正在他大腦裡生根發芽。

他不能置身事外。

不光因為身處其中的人是紀洵，也不僅是李辭主張隱瞞的態度引導，而是他毫無緣由地認定，接下來事情的發展，會牽扯到他、牽扯到他的父母、牽扯到謝家和李家、牽扯到現世所有存活的靈師。

紀景揚呼出一口氣，望向身邊沉默不語的枯榮：「觀山也許要換天了。」

枯榮平靜地看他一眼。觀山換不換天，對靈而言並不重要，只要共生的靈師還活著，即使觀山的天直接塌了，也影響不到枯榮。

然後就在下一刻，紀景揚的手機響了。他動動手指，還沒開口，謝星顏的聲音就從那邊傳了出來：『我的天啊！你看積分榜了嗎？』

「正經人誰沒事會去看積分榜啊。」紀景揚吐槽完，就想起謝星顏不是正在看嗎，便清清嗓子問，「怎麼，誰又飛升了？」

他們年輕一代的靈師彼此都會說些玩笑話，比如同輩中有誰完成了棘手的任務，排名大幅提高，就會被大家調侃成飛升。像李辭和屈簡，便是眾人公認的資深飛升選手。

謝星顏說：『紀洵啊！你不是去找他了嗎，你沒看見他怎麼飛升的？』

「……」紀景揚沒好意思說自己壓根兒沒追上，愣了愣才問，「他升了多少？」

謝星顏：『五十。』

紀景揚感到無言：「就這樣？」

上回從望鳴山出來，紀洵的排名也上升了五十多位。真要細算起來，這次雖然也很厲害，但還不如之前排名升得多，謝星顏至於特意打電話來報喜？

『啊？』謝星顏反應過來了，『哎呀，不是，我是說，他現在排名在第五十位！』

紀景揚一愣，險些從休息的石頭上滑了下去。

他趕緊點進觀山APP，揉著眼睛反覆確認了好幾遍，發現謝星顏真的沒騙他，第五十位處的名字赫然寫著「紀洵」兩個字。

謝星顏還在手機裡問：『紀洵到底都做了什麼呀？他是不是把嶺莊的鬼新娘和惡靈解決了？』

紀景揚嘴角一抽，想起謝星顏提前送大虎離開，資訊並沒有同步到最新進展，估計以為他說的「去找紀洵」，是要去棺材附近的乾坤陣一探究竟。

「真羨慕妳，還沒接受過真相的衝擊。」紀景揚由衷感嘆。

謝星顏：『……？』

「我也不知道他做了什麼。」紀景揚剛說完前半句話，視線裡就有幾道人影忽閃而過，沒等他眨眼，人影又閃了回來。

紀洵一個急轉直停，出現在紀景揚面前，「不是叫你別跟來嗎？」

紀景揚看了看他，又看了看他身後的常亦乘，以及被他用霧氣捆住、說不清是人還是泥像的玩意兒，反問：「這是什麼東西？」

「紀卓風。」

「哦。」紀景揚內心一片荒蕪，語氣麻木地對著手機回道，「可能是因為他抓到了紀卓風。」

「砰」的一聲悶響。

謝星顏的手機掉到地上去了。

◎

當天傍晚，幾輛黑色轎車停在了嶺莊入口處。

早早等候在那裡的紀景揚，目光一個個掃過從車上下來的人，發現這次的陣仗比望鳴山韓恆殺人奪靈那次還要盛大。除了觀山有頭有臉的靈師以外，紀老太太和謝作齋自然是來了，連李辭家那位連路都走得不利索的當家也來了。

三位當家上回同時出現的時候，紀景揚都還沒出生。他是頭一次見到這樣的大場面，但是飽受驚嚇的內心已經泛不起更多的波瀾，畢竟嶺莊發生的事，可是比三位老人家千里趕來碰頭要刺激多了。

殺人奪靈的主謀找到了嗎？

找到了。

他身上有多少個靈？

成百上千個。

他交待作惡的心路歷程了嗎？

交待不了，他成了供那些靈寄生的容器，跟個活死人差不多。

那是誰把紀卓風繩之以法的？

紀洵。

對，就是幾個月前還默默無聞、全身靈力枯死的「廢物」紀洵。

一想到這裡，紀景揚就忍不住揉了下太陽穴。幸好更刺激的事他不能說，否則他都怕拄著拐杖的李當家直接摔上一跤。

紀秋硯下車後，攏了攏外套，目光淡淡地望過來：「人呢？」

「走吧，我替你們帶路。」紀景揚這句話回答得有點隨意，缺少晚輩見到當家應有的畢恭畢敬。紀秋硯雖然沒說什麼，可她身邊幾位年長的靈師，或多或少都皺眉露出不滿的表情。

紀景揚看見他們的不滿了，但他腦子麻木了一整個下午，現在實在沒有精力去在意那些繁冗的禮節。

他邊往前走，邊回憶下午紀洵坐在院子裡向他交待過的真相。

上古神靈，長乘。

被留在世間看守共生陣的老祖宗。

揮揮手指，就能讓紀卓風變成容器的強者。

那一瞬間，紀景揚不受控制地在腦海中過了一遍，這二十多年來自己有沒有得罪過紀洵的地方。還好答案是沒有。

有了這些恐怖的訊息量鋪墊，當紀洵告訴他「常亦乘也不是人」，以及「他母親是神靈之一的武羅」時，紀景揚感覺接受起來也很順暢了。

不就不是人嘛。

不就是神靈的兒子嘛，他面前就坐著一個呢。

這麼一點小事啊，好說好說。

到了他們暫住的院子前，紀景揚剛把院門推開，人群裡有位靈師不悅地開口：「三位當家來了，怎麼除了你以外，一個出來迎接的人都沒有？」

紀景揚說：「李辭的身體您也清楚，這幾天累壞了，下午還發了場高燒。常亦乘……他不迎接大家也很正常。」

那人追問：「紀洵呢？翅膀硬了，不把長輩放在眼裡了？」

紀景揚哽了一下：「嘶，這不太合適吧。」

那人雙眼一瞪，還想再說什麼，就被紀秋硯抬手制止。

「凡事別過多計較。」紀秋硯到底活得夠久，根本不在意這點小細節，只淡聲問，「紀卓風在哪裡？」

紀景揚帶著眾人往裡面走。嶺莊就是個普通的古鎮，沒有看守犯人的場所——當然，以紀卓風目前的狀況來看，也用不上那些。總之下午把紀卓風帶回來後，紀洵隨便找了間沒人住的空屋，把人扔進去了。保險起見，紀洵和常亦乘也守在那間屋裡。

穿過長長的走廊，即將抬手叩門時，紀景揚沒來由地緊張了一瞬。

這扇門的隔音不好，他隱約能聽見紀洵的聲音從裡面傳來，只是聽不清具體的內容。

一時間，紀景揚展開了一場頭腦風暴。

上古神靈正在跟人說話，他這時候敲門，會不會打擾到人家？萬一顯得他們這一輩的靈師不懂禮貌，惹得神靈怪罪，那這口鍋他能不能背得動？

就在紀景揚左右為難之際，門從裡面打開了。常亦乘面無表情地看了他們一眼，趕在紀景揚開口前，豎起手指抵在唇邊，做了個噤聲的動作。

「？」

紀景揚好奇地朝裡望去，結果就看見紀洵正沿著牆邊來回踱步，漂亮的臉上寫滿驚恐，握住手機的右手也在微微顫抖。

紀洵似乎沒注意到他們來了。下一秒，忙不迭的道歉就脫口而出：「您說得對，是我態度不夠端正。對不起，老師，以後我肯定會及時把手機拿去充電……嗯，對，光充電不夠，我會隨時留意您的通知。好的，論文二稿我明天就交，謝謝老師。」

「……」紀景揚一時沒繃住，當眾笑出聲來。

在周圍靈師看神經病一樣的詫異目光中，他笑著搖了搖頭，再度望向紀洵的眼神已經變得和從前一樣，心中的鬱結也無聲消散。

是啊，他有什麼可惶恐的。

無論真實身分究竟是人是靈，紀洵終歸都是他看著長大的那個人。

NOT A HUMAN

第十章　天道

私はたぶん人ではない

私はたぶん人ではない

NOT A HUMAN

好不容易哄好了暴跳如雷的論文導師，紀洵一回頭，臉上就出現了短暫的空白。

他在這具身體裡活得最久，可能是形成了習慣，如今即便清楚自己是誰，也無法完全和紀洵的身分分割開來。

現在這種感覺該怎麼形容呢。就像長輩帶了世交朋友到家中做客，大家還沒進門呢，就先聽見你因為沒按時完成作業，而被老師罵得狗血淋頭。

紀洵萬萬沒想到，自己居然還能擁有如此社死的體驗。

他借著低頭把手機揣回口袋裡的動作，做了一下表情管理，抬頭時不自覺地看向常亦乘，心想這人是不是還在生氣，怎麼看到別人來了，也不提醒一聲。

常亦乘不遮不掩，直接對上了紀洵的視線，明明白白地讓紀洵知道，對，他就是還在介意被推出乾坤陣的事。

紀洵很想怒瞪回去，可惜轉念再想，這事說來的確是他理虧，只能無奈地抿了下唇，率先側過了頭。

前後也就過了兩、三秒鐘，紀景揚卻覺得這一刻格外漫長，長到他手心滲出一層冷汗，很怕幾個眼神的來回，就會被其他人發現他們關係匪淺。

幸好其他靈師沒有多想，畢竟跪在角落裡那個人型的泥像，看起來實在太過詭異。

紀秋硯眉頭微皺：「怎麼回事？」

紀洵早就想好了措詞：「我也不太清楚。乾坤陣裡他一下子放出幾百個靈，打著打著，突然開始亂叫抽搐，然後就變成這樣了。會不會是強行共生招來的反噬？」

他語氣拿捏得恰到好處，既流露出幾分驚訝，又不急不緩地令人信服。

紀秋硯與另外兩位當家交換過眼神，各自支開了自家其他靈師，只留下紀洵的曾祖父在場。紀洵和常亦乘坐在旁邊，看著曾祖父翻折起袖口，把手搭到紀卓風的頭頂，沿著骨骼的走勢往下，一路摸骨直至靠近心臟的位置。

曾祖父沉吟片刻，忽然臉色一變：「靈力的確深厚，小洵說他能與成百上千隻靈共生，看來不是胡說。」

紀秋硯：「你沒看錯？」

「我就靠這摸骨探靈的本事混口飯吃，哪能看錯呢。」曾祖父順順鬍鬚，神色間難掩揚眉吐氣的自豪。

他活了這麼一大把年紀，唯一一次翻車就翻在紀洵身上。孩子還沒出生時，就是他信誓旦旦地吹捧著紀洵，說他將來絕對不同凡響，可惜紀洵生下來卻是靈力枯竭，害得他好長一段時間都不好意思出門見人。不過現在看來，他也不算看走眼，畢竟紀洵靈力恢復後的表現，眾人有目共睹。

李當家的拐棍往地上一杵，懷疑的眼風隨即掃來：「這樣的人物，你打得過他？」

被周圍幾雙眼睛盯著，紀洵淡定地指向身邊的男人：「主要是常亦乘幫了大忙，我運氣好，撿漏了而已。」

常亦乘：「……」

這是他們早就商量好的說法，紀洵不想暴露身分，自然就需要把功勞往別人身上推，將自己塑造成剛好打出最後一擊的幸運兒。

但一想到真實情況是他被攔在乾坤陣外，常亦乘就沉著臉捏了下指骨。好在他喜怒不定的名聲早已傳開，其他人見他表情陰沉也只覺得正常，何況比起年輕人們是如何抓到紀卓風的，眼下有更重要的事該關心。

謝作齋問：「他親口承認自己是紀卓風的？」

紀洵「嗯」了一聲。

謝作齋沒見過他，信任度有限，又轉而向更為熟悉的常亦乘確認。

常亦乘冷淡地點了下頭。

一時間，謝作齋心情有些複雜。

拋開百年前大規模殺人奪靈的慘劇不談，前不久前發生的意外中，是他們家的韓恆動手害死了紀家的屈簡，也害得謝作齋的親生女兒謝錦元氣大傷。可這件事歸根究柢，幕後主使又是紀卓風。

紀家和謝家都牽扯其中，只有李家置身事外，是最適合主審紀卓風的人選。

三姓靈師既是互相合作、也是互相制約的關係，紀秋硯也明白這一點，便與謝作齋一同把目光投向了姓李的當家。

不料李當家想了想，竟然說：「我身體不好，靈力衰退得厲害，還是你們來吧。」

紀洵在旁邊聽得微微皺了下眉。李家靈師人少，平時深居簡出慣了，在觀山不像其他兩家那麼有存在感。但在如此重要的事上主動推辭，加上李辭幫他隱瞞身分的行為，很難不讓人猜想，李家這些年韜光養晦或許有些自己的打算。

看來回頭有必要找李辭再聊聊，紀洵暗自記下，接著就看見紀秋硯抬起眼：「我做事喜歡俐落點，反正你們都在場看著，不如就由我來。」

紀洵見謝作齋面露遲疑，以為對方會出聲制止，沒想到幾秒過後，老頭子還是爽快地答應了。

起初紀洵還在想，紀卓風被寄生後五感盡失，審訊起來恐怕要費些功夫。結果等紀秋硯召出一個靈後，百年前的記憶伴隨著茅塞頓開的情緒，頓時湧了回來。

紀洵看了紀秋硯一眼，又看了看懸浮在半空中、銅製盔甲模樣的靈，默默坐直了身體。

他見過這個靈，甚至記得它的名字叫「三言」。

很久以前，被他叫作「阿姊」的小女孩，半夜總愛將盔甲放在路邊嚇唬他。可等到他真嚇哭了，阿姊又會跑過來慌慌張張地安慰他。前世的記憶太過遙遠，紀洵能記住的不多，但此刻腦海中浮現出的女孩的臉，卻跟百年後的紀秋硯有幾分相似。

但隨之而來回想起的，還有他死前那個寒冷的夜晚。

怒罵聲和他的慘叫聲糅雜不分，驚得紀洵打了個寒顫，搭在腿邊的指尖也蜷了起來。

常亦乘注意到他的異常，想起屈簡在望鳴山上說過的故事。

紀秋硯有個弟弟，從小靈力全無，被想殺人奪靈的靈師活活折磨而死時，還不到十歲。

常亦乘的心臟刺痛了瞬息。他將身體往前傾，擋住他人的視線，然後一點一點地把紀洵蜷緊的手指掰開，攏進自己的掌心緊緊握住。

紀洵呼吸一滯，意識從充滿恐懼與絕望的夜晚被拉扯了回來。

他低頭掃過常亦乘骨節分明的手指，愣了愣，才抬頭望向男人繃緊的瘦削下頜，一股源自靈魂深處的安心感霎時湧了上來，讓他產生了片刻的依賴。他沒有掙脫，就任由常亦乘握著。

另一邊，謝作齋看清半空中的靈，讚許道：「好，紀當家光明磊落。既然有三言出馬，今日無論問出什麼，我都認。」

這件鎧甲模樣的靈之所以叫三言，全是因為它能夠引人附身，到時無論紀秋硯問什麼，附身到鎧甲上的人都會不由自主地如實回答。但條件有限，只能問三答三，再多的就問不出來了。

眨眼間，屋內陰風忽起。鎧甲身上的鐵甲被風吹得錚錚作響，紀秋硯雙目微垂，口中念念有詞。等她突然再一抬眼，三言便陡然站直了。

那種直挺的站姿，乍看像個久經沙場的士兵，但盔甲內裡依舊空空蕩蕩的，就為這分挺拔如松的姿勢平添了幾分詭譎的氣氛。

紀秋硯望向與自己共生的靈，波瀾不驚的眸中難得染上了一層悲霜。

人人都說她活得夠久，早已割捨掉常人的情感。

可惜她自己清楚，觸景生情這四個字，始終壓在她心頭不曾淡去。

她不常召喚三言，不僅是因為一見到它，就會想起年幼時捉弄弟弟的經歷，那更會喚醒她十幾歲時，某天清晨的記憶。她曾站在鮮血黏稠得發黑的地面上，一字一句地質問跪在自己面前的靈師：『他死的時候，有沒有叫過一聲阿姊？』

塵封的記憶總是惱人。

紀秋硯閉了閉眼，才緩聲開口：「別人奪來的靈，為何會在你身上？」

第一個問題問出，宛如鑰匙打開了鎖孔。靜默不語的三言，身周驀地發出鐵銹擦刮的刺耳聲響，但仔細一聽，就知道那並非毫無意義的噪音，而是一段喑啞低沉的人聲。

在場所有人屏息凝神，聽到了簡單得讓人意外的回答。

有人給他的。

紀洵和常亦乘對視一眼，兩人眼中傳遞出相同的困惑。

與人共生的靈離開靈師後活不了太久，一百年前的那些靈怎麼會存活至今？難不成是有人擔當起轉運的任務，等百年前那些殺人奪靈的靈師死後，就把靈共生在自己體內，等時機成熟了再交給紀卓風？

不用旁人提醒，紀秋硯順理成章地問出第二個問題：「那個人是誰？」

話音剛落，三言劇烈地顫抖起來，渾身的鐵甲嘩啦作響，竟隱隱有了崩裂之兆。紀秋硯眸光一寒，加注靈力穩住三言的神識。

怪異的顫動持續了很久，久到紀洵都以為這個關鍵線索可能是問不出來了的時候，鐵銹摩擦般的話語才重新響起。

「天道。」

過於顛覆認知的答案，讓其他幾人齊聲發出驚呼，也讓紀秋硯神經猛地一顫。

利用三言逼問，是件容不得半點疏忽的事。她這一走神，連接三言與紀卓風的靈力也驟然崩斷。紀秋硯踉蹌地後退半步，很快便穩住身形，但臉上終究漫上了一層驚懼之色。

三言讓同一人附身的機會只有一次。提前斷掉，她就再也沒有了逼問紀卓風的機會。可即便如此，目前問出的兩個答案，也足夠讓幾位見多識廣的靈師大驚失色。

天道，是靈師一行代代信奉的萬物規則。但紀卓風卻說，他犯下滔天罪行的背後，居然是天道在助紂為虐。

先前還說紀秋硯問出什麼都認的謝作齋，已經錯愕地連連搖頭：「不可能，必定是三言出了差錯。」

換作平時，紀秋硯聽到有人質疑她的靈，哪怕臉上表情不會顯露出來，也肯定會在內心冷嘲一聲。然而此時此刻，她凝望著那件恢復寂靜的盔甲，也久久說不出話來。

不知何時，外面天色漸暗，燈光照在幾位老人臉上，皆是一片慘澹的白色。

轉折出現得太過驚悚，讓空氣陷入了死寂。

約莫一刻鐘後，李當家才揮揮手，示意紀洵和常亦乘離開。畢竟以他們表面上的後輩身分，實在不應該留在這裡，繼續摻和與靈師根本相關的討論。

在走出門前，紀秋硯嘴唇微動，猶豫半拍後卻什麼也沒囑咐，直接放他們走了。

紀洵關上門，並沒有為三位當家都不警告他們幾句而感到奇怪。

就算他們出去說「是天道幫紀卓風殺人奪靈」又怎樣，有幾個靈師會相信？

兩人一路無話，直接回到了紀洵的房間。紀洵順手把門反鎖了，坐到靠窗的椅子邊，輕聲問：「你在乾坤陣裡，有聽紀卓風提到過天道嗎？」

「沒。」常亦乘搖頭，又說，「如果真有天道……」

「嗯？」

「它或許是個靈。」

紀洵抬眼望過去，認定常亦乘敢這麼說，多半是想到了什麼。他心神微動，彷彿也明白了過來：「你困住紀卓風的乾坤陣，是誰解開的？」

常亦乘：「我原以為是紀卓風。」

千百年來，他不是次次都能順利且迅速地擊殺紀卓風，最後一次也是如此。

那天常亦乘正在雪山上四處搜尋紀卓風的蹤跡時，忽然有股巨力從身後衝撞而來，導致他重傷昏迷。再睜開眼時，乾坤陣已經散了，紀卓風也不知所蹤。

生死邊緣，常亦乘耗盡最後一絲力氣點燃了烽火香，等到了謝家的救援。他不是狂妄自大的人，知道孤身與紀卓風廝殺下去，除非徹底殺死紀卓風，否則將來遲早會有不慎戰敗的一天。

那次他傷得很重，在謝家休養半年才恢復過來。所以他誤以為，那次就是不小心著了紀卓風的道，被對方抓住機會破解了乾坤陣。但常亦乘能確定，在那之前，紀卓風身上的靈已經所剩不多。

紀洵的手肘支在桌邊，撐著下巴，眉眼間隱約流露出後怕的意味。常亦乘提起自己的遭遇時，總是只以潦草幾句帶過，但他是真的不敢想，要是謝家不信守承諾，沒有及時趕到，後果會是怎麼樣。

過了許久，紀洵才嘆息般呼出一口氣：「以後不許這樣亂來。」

「不是亂來。」常亦乘低聲回道，「我有分寸。」

紀洵：「把自己關一千年，你說這叫有分寸？」

常亦乘看著他：「用這點代價換你的平安，難道不值？」

「……」紀洵一愣，連帶著耳根也略微發燙。他不自覺地捏了下耳垂，轉移話題：「話說回來，你懷疑在乾坤陣裡襲擊你的，就是紀卓風說的天道？」

刻意的回避讓常亦乘的眼神暗了幾分。他沒說話，只點了下頭當作回答。

紀洵莫名不敢與常亦乘對視，說不上來原因，可能有連累他被困在乾坤陣的愧疚，也可能有不忍細究他這一千年有多難捱的心疼，或許還有些說不清、道不明的複雜因素混淆其中，讓他整個人都有點亂。

他捏捏眉心，盡力摒棄雜念，去琢磨常亦乘的推測。

紀卓風是離開乾坤陣後，才獲得了那麼多共生的靈，如果天道把他從乾坤陣救出去，按時間分析倒也說得過去。可紀卓風被常亦乘殺了一千年，終獲自由的同時，身邊又有同伙……

沒等紀洵開口，常亦乘也意識到了這一點。他靠在牆邊，低聲問：「他們為什麼不殺我？」

常亦乘這句話說得平淡，是他一貫的冷冽語氣。

話音落下後，紀洵愣了愣，再抬頭與他對視時，兩人都從這句話裡察覺出了端倪。

那一天，陣中必定有除了常亦乘和紀卓風以外的助力在場。

以紀卓風的性格，和被常亦乘害得精心籌謀幾乎付諸東流的遭遇，乾坤陣解開後，他只要還有一絲力氣，就絕對不會浪費難得的機會，肯定會殺了重傷昏迷的常亦乘報仇。

除非當時有人阻止了他。

「天道……」紀洵低喃出這兩個字，摩挲著重新變回戒指的霧氣，「它救走紀卓風，又讓你活下來，目的會是什麼？」

常亦乘目光跟隨著紀洵手指的動作，忽然開口：「你。」

紀洵：「我怎麼了？」

「離開乾坤陣，我和紀卓風只會做同一件事，就是找你。」

儘管理由不同，但兩人的行動卻是出奇得一致。常亦乘是出自千年來積攢的痴妄執念，而紀卓風則是想將他的另一半靈力占為己有，他們都希望能夠找到下落不明的長乘。

從結果來看，紀洵也確實被找到了。

但找到他就是一切的終點嗎？

答案顯而易見，大學四年級的學生身分並不重要，重要的是他的靈力。

他還沒有收回紀卓風身體裡的半數靈力。

造成這個結果的原因，是紀洵希望和紀卓風共生的善靈能活下去，便將自己的靈力留在紀卓風那裡，好讓他做個能容納千百隻靈的合格容器。

可萬一他今天不幸失敗，紀卓風就能如願以償，擁有上古神靈的全部靈力。

靈力會為世間帶來好處還是壞處，全看擁有它的人如何使用。就好比一顆沒有思想的子彈，既能懲罰罪孽深重的死刑犯，也能射殺無辜的黎民百姓。

長乘的靈力要是落在紀卓風手裡，對於芸芸眾生來說，只會弊大於利。

比如……

窗外一道悶雷忽然滾過，在紀洵腦海中炸開一線天光。

他猛地轉過頭，望向常亦乘那雙常年淡漠的、與武羅神似的雙眸，說話的頻率明顯加快：「天道真正的目的不是我，它是衝著共生陣而來的。」

武羅為什麼會在大婚當晚離開嶺莊？她身體裡為什麼會多出鎖鍊般的黑色印記？又是為什麼，她瘋掉後不去別處，偏就只去其他神靈棲息的地方，動手殺了昔日的舊友，也險些殺死長乘？

所有的答案在這一刻揭曉。

只要所有上古神靈都死了，維繫靈和靈師平衡的共生陣的祕密，便再也無人知曉。就像把「靈師死後，和他共生的靈也會立刻消亡」的準則，篡改為「靈師之間可以互相殘殺奪靈」一樣，如果有人對共生陣做了手腳，靈師們也不會察覺。

到了那時，當他們遇到即將死去的靈，像往常那樣放出靈力的時候，誰又能知道，靈線那端連接的命運，到底是共生……

還是成為容器的寄生？

想通了這一點，紀洵也就恍然大悟。三十多年前，紀卓風還被困在乾坤陣裡出不來，如今的「紀洵」也還沒有出世，而那時就有人早早控制武羅的屍體在嶺莊作祟。

不久前他還覺得奇怪，就算他們陰差陽錯地來到嶺莊，是為了讓紀卓風奪走他全部的靈力，但這個局未免布得也太早了。如今想來，卻是他低估了對方的耐心。

豈止短短三十年。

這一局棋，早在武羅大婚之前，就天羅地網地布下了。

意識到這一點後，紀洵閉了閉眼。他如今用起靈力來順手許多，再睜開眼時，屋內的陳設就變成了泛舊的暖黃色。

紀洵的目光掃向常亦乘身上的黑色印記。從前在雪山時，他想不到常亦乘是武羅的孩子，也琢磨不出緣由。如今知道了兩人之間的血脈關聯，再看那些陰沉的煞氣，一股怒火就熊熊燃燒了起來。

自稱天道的靈，害死了武羅，也害了常亦乘那麼多年。那些從母親身體裡過渡到他身上的靈力，發作起來會沖刷過他全身的經脈，再緊緊纏縛住他頭腦裡每一根神經。

劇痛之下，光憑神智根本無法抵擋，是活生生地痛到發瘋。

再開口時，紀洵聲音很輕：「今天紀秋硯召出三言時，我想起了一些事。」

常亦乘的眸光一沉：「嗯？」

「你是不是早就知道，我是怎麼活下來的了？」紀洵捕捉到男人神色中的異常，直接問。

常亦乘抿緊唇角，許久後才很低地回了一聲：「嗯。」

紀洵笑了一下。難怪從望鳴山回去後，他再問常亦乘是來濟川找誰時，常亦乘就一個字都不肯透露了。

「瞞著不說，是怕我想起來？」紀洵望著他，「還是怕我認為，你當初不如別來救我，讓我死在雷池陣裡才好？」

隱藏的心事被當面揭穿，讓常亦乘眉間的溝壑更深了一層。他垂下眼眸，啞聲問：「你會這樣想嗎？」

紀洵沒有立刻回答。今天紀卓風在乾坤陣裡叫囂嘲諷時，他的確有過片刻的介意。

如果可以意識清醒地選擇，他一定不會選這條骯髒的路來走。但不知是雷池陣中那數十具紀家人的屍體影響，導致他只能生生世世在紀家徘徊，還是殘餘的潛意識在提醒他，別忘了自己向人承諾過什麼，才掙扎著以如此不堪的方式活了下來。

發生過的事實不會改變，他就是靠著紀家一代代的死嬰活到了現在。

「如果是以前的我，或許情願死了，也好過寄生在別人身上。」

紀洵看向常亦乘瞬間繃緊的喉結：「但現在我只會想，幸好我還活著。」

常亦乘為了他，將自己困在屍山屍海中千年也不後悔，那麼他一世又一世地寄生於死胎又如何，好歹他也無知無覺地守了常亦乘一千年。

總算沒有辜負當初的承諾。

只要有他在，常亦乘就不會步上武羅的後塵。

更何況拋開別的不談，做為紀洵生活的這二十一年，整體而言，他過得還算開心。

雖然跟紀家的人來往甚少，但也算衣食無憂、學業有成，說起來倒有點像他當初勸常亦乘下山那樣，見到了更多的人，也明白了紅塵眾生究竟為何物。

只可惜他所見的一切，常亦乘都不曾經歷過。

紀洵想了想，提議道：「回頭找時間，我們出去……」

剩下的邀請還沒說完，外面就傳來了敲門聲。常亦乘不悅地回過頭，很不想理睬，可架不住外面的那人敲個不停，只能冷著臉走過去把門打開。

門外，紀景揚表情不知為何有點疑惑：「我沒打擾到你們吧？曾祖父剛才突然叫我通知你們，說要大家一起回濟川。」

「現在？」紀洵從常亦乘身後探出頭來，詫異地問。

紀景揚：「對啊，就是現在。」他並不知道三言從紀卓風口中問出了何等震驚的祕聞，只一個勁地覺得奇怪，「他們不是才剛到嗎，怎麼這麼快就急著要走啊？」

紀洵說：「可能跟紀卓風有關，回去再慢慢跟你解釋。」

紀景揚聽著這個語氣，就知道出大事了。他也不急這一時半刻，又說：「哦，對了，曾祖父還說，老太太吩咐了，最近先別從APP上接任務。雖然你們倆一直都喜歡摸魚，但還是提醒一聲。」

紀洵點了點頭。他行李不多，到嶺莊後幾乎就沒拿出來過，直接把充電器裝進行李箱就能走人，前後不過半分鐘就搞定了。

行李收拾得太快，導致常亦乘也沒機會把紀景揚支開，讓他聽完紀洵剛才沒說完的話，只能無言地皺了下眉，去隔壁房間拿上自己的行李。

紀景揚對自己的打擾一無所知，等他們收拾好了，就一起往樓下走去。

相比來時的聲勢浩大，其他靈師離開時，人人臉上都帶著一絲茫然。

剛來就走也就罷了，還忽然通知大家別接任務，眼看再過幾小時太陽就要下山了，到了夜間惡靈頻繁出沒的時候，難道就只能這樣放任不管嗎？

可是三位當家發話，又沒人敢不聽。最後只能安慰自己，可能是紀卓風交待了更多殺人奪靈的內幕，說不定還供出了其他混進觀山的同伙，為了安全起見，當家的才讓他們暫時休息。

一片疑竇叢生的氛圍中，眾人來到了嶺莊入口處。

紀洵他們走在隊伍末端，遠遠看見紀秋硯等三位當家上了同一輛車，車窗內朦朧地印出一個人影，根據輪廓來看，應該就是紀卓風。這是要三個人聯合看守紀卓風的意思。

聯想到之前三人如被雷劈了一般難看的臉色，紀洵完全可以理解他們的慎重。

以往人們提到的天道，就是指字面意義上的某種抽象概念，把它換成「天意」或「蒼天」之類的詞也差不多。細究起來，不過是人們一代代經歷了太多不平之事，只能寄希望於老天有眼，換來善有善報、惡有惡報的結局，說它是虛無縹緲的信仰也不為過。

可如今靈師所說的天道卻變得具體了起來，甚至擁有了一定程度的生殺大權。

天道不認可的人，無法成為靈師。

違反天道規則的人，則會死無葬身之地。

「天道」兩個字，在現世靈師心中的分量太重了。如果連天道都變得可疑，那他們千百年來流傳的祖訓，又該如何遵從下去？

紀洵仰起頭，望向午後漸漸烏雲密布的天空。

紀景揚也在這時看了天色一眼，下意識地嘀咕道：「快變天了。」

說完後自己又覺得，今天好像說過類似的話。回憶了一會兒，紀景揚才想起來，他去山上找紀洵時，曾經莫名其妙地對枯榮說了一句「觀山也許要換天了」。

我操，紀景揚心裡一個打顫，該不會被他的烏鴉嘴說中了吧。

他不自覺地打了個哆嗦，走到路邊的車前，拉開車門時一愣，繞到車尾確認過車牌後，再繞回去時，臉上浮現出驚喜的表情：「你怎麼會坐這輛車？」

紀洵聽出他話裡的意外，湊過去一看，也有些驚訝：「李辭？」

李家人少，調動起來也快。紀景揚還在通知紀洵準備回濟川時，李辭就已經坐著輪椅出門了。現在他把輪椅變作節省空間的拐杖放在角落，坐在副駕駛座，扭頭朝車外的三人笑了笑：「讓我搭一趟便車去濟川，可以嗎？」

這當然沒問題。

「不過你去濟川幹嘛？」紀景揚見車內沒有司機，很自覺地坐進了駕駛座。

李辭沒說話，用眼神示意紀洵和常亦乘先上車。這輛車裡只有他們四人，等車門關上，李辭又按下車窗按鈕，確保外面的人聽不見車內的聲音後，才說：「下午我回房間時，想到了一件事。」

他行動不便，只能稍微側過身，望向坐在後排的紀洵兩人。

「只有人才能成為靈師。」李辭壓低聲音，為車內渲染出一層詭祕的氛圍，「那你們兩個的名字，怎麼會出現在石碑上？」

很早以前，李辭就懷疑過常亦乘能成為名義上的靈師，是用了些弄虛作假的手段。

可紀洵之前對自己的身分一無所知，加上他今天問過紀景揚，得知是屈簡帶紀洵去石碑前完成登記儀式的，就讓事情變得更加古怪了起來。屈簡的性格和能力，李辭也略有耳聞，他絕不會允許紀洵在石碑前使出任何偽裝的手段。

紀洵皺了皺眉，回想起那天晚上，他和屈簡站在石碑前發生的對話。從那時候起，他的本能就促使他懷疑所謂「天道」的存在，但紀洵不會忘記，當他第二次把手放上石碑時，他的名字確實亮了起來。

紀洵語氣平靜地回道：「如果我說天道有問題，你相信嗎？」

「什麼？」回答他的，是紀景揚一聲錯愕的驚呼。他扭過頭來，視線在三人身上來回掃射，「我是不是聽錯了？」

李辭拍拍他的肩：「你沒聽錯，紀洵說天道有問題。」

紀景揚：「……」

他懷疑自己可能真的是個烏鴉嘴，否則怎麼會說完觀山要換天，就猝不及防地聽到如此驚悚的言論。

常亦乘掀起眼皮看向李辭，冷聲問：「你不意外？」

李辭笑了一下，模仿紀洵的口吻反問道：「如果我說，我早就覺得天道不對勁，你們相信嗎？」

若非如此，他也不會幫紀洵與常亦乘隱瞞身分。

「為什麼？」紀洵問。

李辭微微抬手，指向自己琥珀色的雙眼：「我仔細看過李家的石碑。」

他的眼睛是能看穿事物本質的靈。就像在望鳴山時，李辭專注地看了紀洵一會兒，就發現紀洵其實是寄生在人身上的靈那樣。十幾歲求知欲最為旺盛的時期，他也曾經好奇過每位靈師都觸碰過的石碑。

他想知道那究竟是多麼神奇的靈器，竟然能夠和天道的意識連接，左右每個靈師的身分。

答案超乎了李辭的意料。

那一天，他反覆看了許久，終於確定，石碑根本不是靈器。

它只是一塊普通的石頭。

真正決定他們是否能成為靈師的，另有其人。

——《我可能不是人02》完

高寶書版集團
gobooks.com.tw

BL078
我可能不是人02

作　　者　貓尾茶
封面繪圖　響
編　　輯　王念恩
美術編輯　單宇
排　　版　彭立瑋
企　　劃　方慧娟

發 行 人　朱凱蕾
出　　版　三日月書版股份有限公司
　　　　　Printed in Taiwan
地　　址　臺北市內湖區洲子街88號3樓
網　　址　www.gobooks.com.tw
電　　話　(02) 27992788
電　　郵　readers@gobooks.com.tw（讀者服務部）
　　　　　pr@gobooks.com.tw（公關諮詢部）
傳　　真　出版部　(02) 27990909　行銷部 (02) 27993088
郵政劃撥　50404557
戶　　名　英屬維京群島商高寶國際有限公司臺灣分公司
發　　行　英屬維京群島商高寶國際有限公司臺灣分公司
　　　　　Global Group Holdings, Ltd.
初版日期　2023年7月

本著作物《我可能不是人》，作者：貓尾茶，由北京晉江原創網絡科技有限公司授權出版。

國家圖書館出版品預行編目(CIP)資料

我可能不是人 / 貓尾茶著.-- 初版. -- 臺北市：三日月書版股份有限公司出版：英屬維京群島商高寶國際有限公司臺灣分公司發行, 2023.07-
冊；　公分. --

ISBN 978-626-7152-84-3 (第2冊：平裝)

857.7　　112007780

朧月書版